RONALD M. HAHN

SOCIALDEMOKRATEN AUF DEM MONDE

Eine Weltraum-Clamotte

Illustriert von
ANDREAS REINER

Originalausgabe

WILHELM HEYNE VERLAG
MÜNCHEN

HEYNE SCIENCE FICTION & FANTASY
Band 06/5936

Besuchen Sie uns im Internet:
http://www.heyne.de

Umwelthinweis:
Dieses Buch wurde auf chlor- und säurefreiem Papier gedruckt.

Redaktion: Wolfgang Jeschke

Printed in Germany März 1998
Das Umschlagbild und die Illustrationen im Text
sind von Andreas Reiner
Umschlaggestaltung: Atelier Ingrid Schütz, München
Technische Betreuung: M. Spinola
Satz: Schaber Datentechnik, Wels
Druck und Bindung: Elsnerdruck, Berlin

ISBN 3-453-13339-0

Dem anonymen Autor gewidmet,
der sich 1901 in

Das grosse Weltpanorama
(dem ›Jahrbuch für alle Gebildeten‹)

vom ersten Kapitel von
George Griffiths (1857–1906)

Honeymoon in Space (1901)

hat inspirieren lassen – und damit
wiederum mich inspiriert hat.

Und für Walter Ernsting,
der nach der Lektüre der Geschichte
des anonymen Autors zur Science Fiction fand
und deswegen an allem schuld ist.

Am 1. 1. 1920 berichtete
die ›Leipziger Illustrirte‹:

»Am Sylvesterabend 1919 war ganz Berlin auf den Beinen. Um das Berliner Rathaus herum und in den Nebenstraßen standen in den letzten Stunden des scheidenden Jahres dichtgedrängt Tausende und Abertausende von Menschen. Mühsam wurde der Wagenverkehr aufrecht erhalten. Die Blicke wendeten sich nach dem erleuchteten Zifferblatt des Rathausthurmes.

Auf dem Balkon über dem Hauptportale des Rathauses hatte die Stadtkapelle Aufstellung genommen. Eine Minute vor zwölf lagerte eine geradezu unheimliche Stille der Erwartung über der ungeheuren Menschenmenge. Da hebt die Uhr zum ersten Schlag an. Schmetternde Fanfaren klingen vom Balkon, und in sie hinein klingen das Glockengeläut und der Kanonendonner. Aber nur einen Augenblick dauert diese Feierlichkeit, diese Ruhe vor dem Sturme.

Dann bricht es los! Ein infernalisches Schreien, Pfeifen, Trompeten, ein Höllenkonzert von Radauinstrumenten. Vom Rathause aber wälzt sich die Menschenwoge nach dem offiziellen Sylvesterschauplatz, den Linden und der Friedrichstraße, wo ebenfalls schon Tausende und abermals Tausende stehen ...«

1. KAPITEL

Als der *Excelsior* sich am 1. Januar 1920 um 5.30 Uhr morgens, ohne von eines Menschen Auge erblickt zu werden, von der Terrasse des am Rande von Berlin liegenden Landhauses erhob, um seine wunderbare Reise durch die undurchkreuzten Reiche des Weltenraumes anzutreten, standen Graf Oscar von Reventlow und seine junge Frau Clothilde auf dem vorderen Theile eines erhöhten Decks, das ungefähr zwei Drittel der Länge des cylinderförmigen Schiffskörpers bedeckte.

Während Gräfin Clothilde dem erregten Schlagen des Herzens lauschte, das unter ihrem züchtig verhüllten Busen ertönte, dachte der Graf an seine zwei Tage zuvor erfolgte Audienz bei unserem geliebten Kaiser Wilhelm.

Seine Majestät hatte den heldenhaften Forscher und Erfinder nicht nur in seinem Jagdschlößchen im Brandenburgischen empfangen, in dem er sich von der harten Arbeit des Regierens erholte – nein, er hatte ihm auch in eigener Person die Hand geschüttelt und sich für seinen Wagemut bedankt. Immerhin kam es nicht alle Tage vor, daß sich jemand zu Nutzen und Frommen des deutschen Reiches aufmachte, um neue Kolonien für dasselbe zu nehmen.

Nach Deutsch-Südwest, Deutsch-Ost, Togo, Kamerun, den deutschen Südsee-Schutzgebieten und dem Pachtgebiet im chinesischen Kiautschou wollte Graf Oscar – ebenso wie einst die Kolonialhelden Adolf Lüderitz, Carl Peters und Gustav Nachtigal – seinem geliebten Heimatlande ein Mandatsgebiet hinzufügen: den Erdtrabanten. Um dieses hochgesteckte Ziel zu erreichen, bevor die räuberischen Engländer auf die gleiche Idee kamen, hatte er auf seinem Rittergut den *Excelsior* konstruiert, ein Weltenraumschiff, das nun im Begriffe war, langsam die Wolken zu durchstoßen.

Der Raum, in dem Graf Reventlow und seine Gemahlin sich in diesem Moment aufhielten, war ungefähr fünfzehn Meter lang und sieben breit. Er bestand aus dickem, vollständig durchsichtigem, doch widerstandsfähigem Glas, das im Notfalle von einem Mantel aus gewelltem Stahl bedeckt werden konnte, der aus dem Boden kam. Letzterer bestand aus indischem Eichenholz und war von konvexer Beschaffenheit. Eine leichte Stahlbrüstung lief an dem Raume entlang, und zwei Treppen führten von dem andern Deck zu zwei Luken – eine vorn, die andere hinten –, die luftdicht geschlossen werden konnten, wenn der *Excelsior* sich über die atembare Luft erhob und die luftleere, kalte Einöde des zwischen den Planeten befindlichen Raumes durchkreuzte.

Die Besatzung des *Excelsior* bestand aus Graf Oscar von Reventlow, einem schneidigen, schnauzbärtigen Major der 38er Ulanen, seiner zarten, wunderschönen und auch im Geiste adeligen Gemahlin Clothilde geb. Finsterwald-Eberesch, und dem Domestiken Carl Napp, der beiden zur Hand gehen sollte. Letzterer war zwar erst vor wenigen Wochen in des Grafen Dienste getreten, genoß aber dessen absolutes Vertrauen, denn er hatte seinem Herrn schon bei ihrer ersten Begegnung das Leben gerettet.

In der ersten Augustwoche des Jahres 1919 hatte sich Graf Reventlow nämlich an einem lauen Abend in einem Vergnügungsviertel der Reichshauptstadt zwecks Allotria und dergleichen mit seinen alten Korpskameraden getroffen. Beim Verlassen eines Varietés, in welchem sich die Herren an der raffinierten Tanzkunst zweier Dutzend original Pariser Mädchenbeine ergötzt hatten, war der Graf an einem Droschkenstand von einem finsteren Subjekt mit Worten bedroht worden, die ein anständiger Mensch nicht wiedergeben kann.

Carl, seines Zeichens Bierkutscher der altehrwürdigen Brauerei Schultheiß & Co., hatte gerade die Nachtschicht hinter sich und war auf dem Heimweg gewesen, als er den Hilferuf des Grafen vernommen hatte. Er hatte die Ärmel hochgekrempelt und war mutig und unerschrocken gegen das oben erwähnte finstere Subjekt vorgegangen. Daraufhin hatte der dankbare Graf den beherzten Bierkutscher in seine Dienste genommen. Obwohl Carl den gemeinsten Proletenkreisen entstammte, schmatzte er beim Essen nicht und wußte sich auch sonst zu benehmen. Da er zudem schweigen konnte (er hatte der jungen Gemahlin des Grafen nie erzählt, vor welchem Etablissement er seinem Herrn zum ersten Mal begegnet war), war er als Leibdiener geradezu ideal.

Zwar stellte er hin und wieder Fragen, die eindeutig bewiesen, daß seine Education höchstens drei Schuljahre lang gewährt hatte, doch andererseits gab er dem Grafen damit Gelegenheit, zu demonstrieren, daß der Adel seinesgleichen schon von Geburt her geistig haushoch überlegen war. Dies zeigte sich unter anderem auch an der wunderbaren Thatsache, daß eine technisch-wissenschaftliche Errungenschaft wie der *Excelsior* mit einer derart geringen Besatzung auskam.

Mehr als drei Personen waren nicht nötig, um dieses wunderbare Fahrzeug zu bewegen, denn nahezu alles an Bord wurde von Maschinen betrieben – die Heizung, die Beleuchtung, das Kochen, das wiederholte Filtrieren des Wassers, und die beständige und selbstfunktionierende Reinigung der Luft. Es war thatsächlich so, daß auf dem *Excelsior* alles automatisch ablief, da die Regulierung der von Reventlow entdeckten geheimnisvollen Antigravitationskraft nur ein geringes Maß an Aufmerksamkeit erforderte. Diese jedoch mußte aufs Genaueste und Sorgfältigste betrieben werden, und in der Regel kümmerte sich der Graf eigenhändig um diese Obliegenheit.

Die Kraftentwicklungsmaschinen befanden sich mittschiffs in dem untersten Theile. Ihr geringster Kraftaufwand reichte gerade soweit, um den *Excelsior* etwas leichter zu machen als sein eigenes Luftvolumen, so daß die beiden Schiffsschrauben an seinem Heck ihn mit einer Geschwindigkeit von ungefähr hundert Kilometern in der Stunde durch die Luft befördern konnten, wenn er einen Planeten besuchte, der eine hinreichend dichte Atmosphäre besaß. Der höchste Kraftaufwand genügte, um das Schiff in wenigen Minuten über die Grenze der Erdatmosphäre hinauszuschleudern.

Als der *Excelsior* sich in eine Höhe von ungefähr eintausend Meter über Berlin erhoben hatte, deutete Gräfin Reventlow, welche bis dahin in stiller Betrachtung und Bewunderung der seltenen, großartigen Scenerie versunken war, plötzlich nach Osten und sagte: »Siehe dort, der Mond! Denke nur – bald werden wir auf seiner Oberfläche wandeln! Er scheint augenblicklich gar nicht weit entfernt zu sein.«

Graf Reventlow wandte sich um und sah, daß die fahle geschrumpfte Scheibe des abnehmenden Mondes am östlichen Horizont auftauchte.

»Es sieht fast so aus«, fuhr sie fort, »als bräuchten wir nur auf ihn zuzusteuern. Nur würde er freilich nicht auf uns warten.«

»Oh, er wird an Ort und Stelle sein, wenn wir ihn brauchen«, versicherte der Graf lachend. »Keine Angst. Und überdies trennt uns nur die Kleinigkeit von etwa zweihundertvierzigtausend Meilen von ihm. Was bedeutet das schon bei einem Ausfluge von Hunderten

von Millionen?« Sein Plan bestand nämlich darin, nach der erfolgten Inbesitznahme unseres Erdtrabanten zum Mars und zur Venus weiterzufliegen, um auch diese Welten für unseren geliebten Kaiser zu requirieren.

»Es wäre mir jedoch lieber, ihn nicht aus den Augen zu verlieren«, sagte seine Gemahlin, und fuhr dann fort: »Ich möchte zu gern wissen, was sich auf seiner anderen Seite befindet, die bis jetzt noch kein Mensch erblickt hat. Wenn wir ihrer ansichtig geworden sind, wird der Streit der Wissenschaftler über die auf seiner Rückseite eventuell vorhandene Luft endlich erledigt sein.«

Gräfin Clothilde seufzte aus tiefstem Herzen auf, und ihr wogender Busen hob und senkte sich dabei ganz allerliebst. »Wäre es nicht himmlisch, wenn wir nach unserer Rückkehr allen davon erzählen könnten? Aber was rede ich da – ich denke nur ans Plaudern, und dabei sind wir vielleicht im Begriff, irgendein verstecktes Rätsel der Schöpfung zu lösen und womöglich auf Dinge hinabzublicken, auf welche menschlichen Augen noch niemals hinzusehen gestattet war.« Ihre Stimme hatte sich plötzlich verändert und klang nun äußerst ehrfurchtsvoll.

Graf Reventlow spürte ein leichtes Zittern in dem Arme, der auf dem seinen ruhte, und seine Hand erhaschte die ihrige und drückte sie innig.

»Gewiß, wir werden eine gehörige Menge wunderlicher Dinge sehen – vielleicht sogar echte Wunder! Eins werden wir, hoffe ich, erreichen: Wir werden ein- für allemal das große Problem der Welten lösen, ob sie nun bewohnt sind oder nicht.« Er räusperte sich und fuhr dann fort: »Nebenbei möchte ich dich darauf aufmerksam machen, meine Theure, daß du gerade zum letzten Mal die gute Luft unserer Mutter Erde einatmest, die du für einige Zeit vermissen mußt.«

Gräfin Clothilde trat an die Brüstung und schaute

in die gewaltige Leere hinab, denn während der Zeit ihrer Konversation war der *Excelsior* unablässig zum Zenith aufgestiegen. Im zunehmenden Mondeslicht konnte sie die ungeheuren und undeutlichen Formen des Wassers und Landes unterscheiden. Die abertausend Lichter Berlins und seiner Umgebung verwischten sich zu einem winzigen Fleck, der wie ein leuchtender Schleier in der Dunkelheit wirkte. Die Luft um sie herum war plötzlich kalt geworden, und sie sah die Sterne in einem Glanze funkeln wie niemals zuvor.

Der Graf trat an ihre Seite, und indem er seinen Arm auf ihre Schulter legte, sagte er: »Nun, hast du deiner heimatlichen Welt Adieu gesagt? Augenblicklich ist der *Excelsior* unsere Welt – eine zwischen den Welten reisende Welt, und da ich das Glück hatte, die reizendste Tochter der Mutter Erde mit mir zu nehmen, bin ich in jeder Hinsicht vollkommen zufrieden. Ich glaube, daß es jetzt Zeit zum Abendessen wird. Wenn die gnädige Frau also ihren häuslichen Pflichten obliegen will, werde ich nach meinen Maschinen sehen.«

Als er auf das Hauptdeck gelangte, verschloß er als erstes luftdicht die beiden Kajütentreppen, dann wandte er sich dem Luftreinigungsapparat zu, untersuchte ihn genau und speiste ihn mit frischem Sauerstoff aus den Behältern, in denen er in flüssiger Form aufbewahrt wurde. Schließlich stieg er in den unteren Schiffsraum hinunter, ließ die Antigravitationskraft mit voller Gewalt laufen und stellte zugleich die Maschinen ab, welche die Schrauben angetrieben hatten.

Es war jetzt nicht mehr nötig – oder besser gesagt: möglich –, den *Excelsior* zu steuern. Nun wurde er von der Antigravitationskraft getrieben, die ihn mit zunehmendem Tempo in dem Maße, wie die Anziehungskraft der Erde geringer wurde, zweihunderttausend Meilen weit zu jenem neutralen Punkte trug, an dem die Anziehungskraft der Erde mit jener des Mondes gleich wird. Seine Triebkraft würde ihn über diesen Punkt hinaustragen, dann würde das Tempo durch die Antigravitationskraft nach und nach gehemmt werden, um die unangenehmen Folgen eines Falles von vierzigtausend und noch mehr Meilen zu verhüten.

2. KAPITEL

Carl, seiner Pflicht im Maschinenraum nun enthoben, stellte eine sorgfältige Untersuchung der Hilfsmaschine an, die seiner besonderen Obhut anvertraut war, dann begab er sich in die Domestikenkombüse im Vorschiff, um sein eigenes Abendessen zuzubereiten.

Dort angekommen, veränderte sich urplötzlich etwas in seinem Wesen: Er schaute sich auf verdächtige Weise um, dann nahm sein bisher ausdrucksloses Gesicht einen verschlagenen Ausdruck an, und er näherte sich händereibend und kichernd der Kommode, in der er unter anderem seine Domestikentracht und seine Sockenhalter aufbewahrte.

Nachdem er der untersten Schublade der Kommode diverse Baumwollschlüpfer und -unterhemden entnommen hatte, zogen seine derben, behaarten Hände einen eigenartig anzusehenden hölzernen Kasten ans Licht. Er hatte die Form eines Cigarrenkästchens und war mit mehreren kleinen Knöpfen und einer Steckbuchse versehen. Einen heimlichen Beobachter von höherer Education, wäre er zugegen gewesen, hätte das Aussehen des Kästchens an einen Detektor erinnert. Carl nahm es an sich und eilte durch das Vestibül in seine Kabine, in der eine Hängematte, ein emaillierter weißer Nachttopf und eine verschrammte Seemannskiste vom niederen Stande ihres Bewohners kündeten.

Was hatte sein Verhalten zu bedeuten? War Carl ein Anhänger des genialen luxemburgisch-deutschen Ingenieurs Hugo Gernsback, der auch in den unermeßlichen Weiten des Kosmos nicht auf eine musikalische

Untermalung der Mahlzeiten verzichten wollte? War der biedere Domestik ein Vertreter jener Spezies Mensch, die, obwohl von niederer Geburt, an technischen Dingen interessiert sind, doch ihr Licht unter den Scheffel stellen müssen, um ihre Herrschaft nicht zu brüskieren? Oder war Carl, dessen fachkundig zubereiteter rheinischer Sauerbraten den Gaumen seiner Herrschaft stets in einen Taumel des Entzückens versetzte, ein Anhänger des berühmten amerikanischen Erfinders Thomas Alva Edison, der 1877 mit seinem wunderbaren Phonographen die civilisierte Welt und Rußland auf sich aufmerksam gemacht hatte?

Mitnichten!!!

Carl stülpte sich etwas übers Haupt, das die gebildeten Stände im deutschen Kaiserreiche unter dem Namen ›Kopfhörer‹ kannten, und befestigte ein anderes Instrument, das man ›Mikrophon‹ nannte, an der zweiten Steckbuchse.

War der biedere Domestik etwa ein Spion der räuberischen Engländer, deren durchtriebener König Georg nichts unversucht ließ, um seinem Vetter, unserem geliebten Kaiser, zu schaden? War er etwa ein Spion der tückischen Franzosen, deren dekadenter König Napoleon XIV., nachdem er im Großen Krieg von 1914–1916 schon ordentlich eins auf die Nase bekommen hatte, schon wieder einen Raubkrieg gegen unseren friedliebenden Kaiser vorbereitete?

Was mochten die ungewaschenen Ohren Carls hören? Sie hörten offenbar etwas Erheiterndes, denn nun setzte er wie ein Roß zum Wiehern an und zeigte deutlich seine Niedertracht. Er meldete sich in einer kehligen Sprache und nannte seinen Decknamen.

»Hier spricht Iwan Iwanowitsch Iwanow!«

Gott, der Gerechte! Carl stand in den Diensten des bösartigen Russen Wladimir Iljitsch Lenin, der erst vor wenigen Jahren im Vereine mit einer Bande von Charakterlumpen den gütigen Zaren Nikolaus und seine Familie ins Exil gedrängt hatte und dessen schlitzäugige asiatische Horden keine Schandthat ungethan ließen, um die Autorität der Adelshäuser Europas zu untergraben!

Er lauschte der Stimme seines wahren Herrn, die ihn in einem an Perfidie nicht zu überbietenden Tonfalle anwies, alles zu thun, um die Expedition des Grafen Reventlow zu sabotieren. Sie mußte scheitern, damit man der Welt beweisen konnte, daß die Vertreter der ›imperialistischen Naturwissenschaften‹ Tölpel seien, die ›dem Genius des wissenschaftlich fundierten Socialismus nicht das Wasser reichen können‹.

Gelänge es ihm, fuhr Wladimir Iljitsch Lenin fort, Reventlow und seine Gemahlin auszuschalten, bevor der ›reaktionäre‹ und ›militaristische‹ Kaiser in Berlin erfuhr, daß er den Erdtrabanten heil erreicht hatte, werde man das in Baikonur fertiggestellte Weltenraumschiff *Perwoje Maja*[1] starten lassen und den Trabanten für die Komintern in Besitz nehmen. Dann wollte man dafür sorgen, daß der Imperialismus auf der Erde bliebe, daß die Capitalisten sich auf einem Theile des Planeten isolierten, während man auf dem Monde und den anderen Planeten die Aufgabe in Angriff nehmen könne, den wissenschaftlichen Socialismus zu verbreiten.

Schon am schmutzigen Grinsen und enthusiastischen Nicken des nun endgültig als communistischen Spion entlarvten Domestiken hätte unser heimlicher Beobachter erkennen können, daß es im ganzen weiten Kosmos nichts gab, was Carl lieber getan hätte.

Nun mag man sich nach den Gründen fragen, die einen braven Arbeitsmann dazu bringen, aus seinen unbedarften Kreisen auszuscheren und sich mit Din-

---

1 *Perwoje Maja:* 1. Mai

gen zu beschäftigen, für die er gar nicht geboren ist: Politik. Der Grund für Carls Thun hatte eine Vorgeschichte, von der weder Graf Reventlow noch seine Gemahlin etwas wußten, und Carl hatte gut daran gethan, sie ihnen zu verschweigen.

Carl Napp, 1886 im rheinischen Elberfeld als Sohn eines Kohlenschauflers und einer Dienstmagd zur Welt gekommen, hatte nämlich ursprünglich ganz andere Pläne für seine Zukunft. Im Gegensatz zu seinen Schulkameraden, die brav eine Carriere als Hufschmied, Färber, Bäcker und Zimmermann ins Auge faßten, hatte er nämlich im Alter von zwölf Jahren den Drang nach Höherem verspürt.

Dies zeigte sich einerseits darin, daß er jede ihm angebotene ehrliche Arbeit verschmähte und sein Leben statt dessen lieber als Autor von zweifelhaften Groschenheften fristete, die unter – für sich selbst sprechenden – Titeln wie ›Ein rotes Feuer auf dem Monde‹, ›Rote Brüder auf dem Mars‹, ›Die Oktoberrevolution auf der Venus‹, und ›Der Verrat des Parteisekretärs‹ in einem übel beleumundeten Leipziger Verlagshause erschienen, ›Abenteuer‹ eines gewissen Pjotr Rhodanow schilderten. Andererseits zeigte sich sein Wahn, etwas Besseres sein zu wollen aber auch darin, daß er, statt ein Proletenmädchen zu freien, wie es ihm zustand, ein Auge auf Jettchen Schmerenbeck warf, die siebzehnjährige, unverdorbene Tochter Gustav Schmerenbecks sen., des Inhabers der Einhorn-Apotheke in Elberfeld.

Nun war das Jettchen, ein dralles und weizenblondes Ding, aber eine Angehörige der besitzenden Klasse, die mit einem von der Hand in den Mund lebenden ›Künstler‹ nichts zu thun haben wollte. Carl jedoch gab nicht auf: Er verfolgte sie von ihrem nachmittäglichen Nähkränzchen bis zur abendlichen Blockflötenstunde, trat ihr alle naselang mit im Stadtpark gestohlenen Rosen in den Weg und redete unentwegt auf sie ein, wenn sie im väterlichen Auftrage Botengänge erledigen mußte.

Nachdem er das Jettchen ein halbes Jahr lang umgarnt hatte, gelang es ihm, ihre Beachtung zu erringen, indem er sie vor einem übelriechenden Rüpel ›rettete‹, der ihr an einem Winterabend an der Dörner Brücke unter der Gaslaterne auflauerte und von ihr verlangte, sie solle seinen Zipfel streicheln. Carl vertrieb den Flegel, den er im übrigen für zwei Mark engagiert hatte, mit ein paar wohlgezielten Scheintritten und Ohrfeigen, und das Jettchen, beeindruckt von seinem ›mutigen Eingreifen‹, verabredete sich aus Dankbarkeit mit ihm auf dem Goetheplatz, wo er ihr an den Busen faßte.

Das völlig unvorbereitete Jettchen schrie hell auf und versetzte Carl eine schallende Ohrfeige, und ein zufällig des Weges kommender Schutzmann stürzte sich, in der Annahme, einen Jungfernschänder auf frischer That ertappt zu haben, auf ihn. Obwohl das Jettchen anschließend beteuerte, die Ohrfeige sei keine Reaktion auf ein über Gebühr ungebührliches Thun gewesen, sammelten sich im Nu mehrere Passanten an, die einen Notzuchtversuch beobachtet haben wollten.

Carl landete bei Wasser und Brot für fünf Jahre im Gefängnis an der Bendahler Straße, wo er nicht nur mit dem kriminellen und arbeitsscheuen Gelichter der Stadt, sondern auch mit Socialdemokraten und Anarchisten zusammentraf, die seinen Haß auf die besitzende Klasse schürten.

Nach der Entlassung fand Carl zunächst Unterstützung bei der Roten Arbeiterhilfe, die ihn mit Kost, Logis und Kleidung versorgte, so daß er in seiner Dankbarkeit vollends auf die Linie der Socialdemokratie einschwenkte und dem Apotheker Schmerenbeck, dem Jettchen, dem Bürgertum und dem Adel bittere Rache schwor.

Schon bald fiel er bei Demonstrationen der roten Brut als aktiver Flugblattverteiler und Steinewerfer auf. Nach einem Streite über die ›richtige Linie‹ verließ er die Partei der Socialdemokraten und schlug sich auf die Seite radikaler Communisten. Bald wurden Kreise auf ihn aufmerksam, die in ihm einen Garanten für die Durchsetzung der Herrschaft des Proletariats sahen. Man schulte ihn in der Moskauer Zentrale, überstellte ihn der Geheimpolizei Tscheka[2], verlieh ihm die sowjetische Staatsbürgerschaft, gab ihm den Namen Iwan Iwanowitsch Iwanow und schickte ihn in die deutsche Reichshauptstadt, um dortselbst für die Revolution thätig zu werden.

Dort hatte er innerhalb von wenigen Wochen einen funktionierenden Kreis von Agenten aufgebaut, die alles thaten, um Patente und Erfindungen zu stehlen, denn diese brauchten die Communisten dringend, um ihren lächerlichen Staat zu erhalten: Anständige Erfinder hätten sich lieber beide Arme abhacken lassen, als für sie zu arbeiten.

Graf Reventlows Weltenraumschiff war den Communisten freilich ein besonderer Dorn im Auge, zumal ihre Eigenentwicklung, die schon in der sibirischen Eiswüste zum Start bereit stand, fix und fertig war – bis auf den Antrieb.

Daß ein Vertreter des Imperialismus den friedliebenden Kräften des socialistischen Lagers zuvorkam, durfte nicht sein: Das Prestige, als erste auf dem Monde zu lustwandeln, benötigte man in Moskau dringend. Und deswegen hatte man Carl auserkoren, jeden Erfolg unserer Helden zu sabotieren.

---

2 Tscheka: Sonderkommission zur Bekämpfung von Konterrevolution und Sabotage.

3. KAPITEL

Inzwischen hatte Clothilde mit Hilfe ausgeklügelter Vorrichtungen, mit der die Küche des *Excelsior* ausgestattet und mit deren Gebrauch sie schon bestens vertraut war, ein verlockendes, kleines Souper zubereitet. Ihr Gemahl öffnete eine Flasche des feinsten Champagners, um auf das Gelingen der Reise und die Gesundheit seiner schönen Reisegefährtin anzustoßen.

Nach Einnahme des Abendessens und einer anschließenden Tasse Kaffee sagte der Graf: »Du würdest besser daran thun, meine Theure, dich so warm wie möglich einzuhüllen, denn oben ist es bedeutend kühler als hier.«

Als Clothilde an Deck kam und den ersten Blick um sich schweifen ließ, schien sie in den Zustand des Somnambulismus zu verfallen. Das ganze Himmelsgewölbe über ihr und um sie herum war von dichten Sterngruppen übersät, die sie nie zuvor gesehen hatte.

Die Sterne, die sie von der Erde aus gesehen hatte, waren im Vergleich mit den Myriaden von flammenden Himmelskörpern, die jetzt ihre Lichtstrahlen durch die schweigende Öde des Raumes schossen, nur noch kleine Nadelpunkte in der Dunkelheit. Nun waren so viele Millionen neuer Gestirne in ihren Gesichtskreis gekommen, daß sie sich vergeblich nach den bekannten Sternbildern umsah. Sie sah nur ungeheure Ansammlungen lebender Edelsteine in allen möglichen Farben, die das Himmelsgewölbe zu allen Seiten erfüllten. Langsam schritt sie an Deck herum, den Blick nach links, rechts und oben richtend. Anfangs war sie unfähig zu sprechen oder zu denken.

Nur ein dumpfes Erstaunen erfüllte sie, vermischt mit einem unklaren Gefühl überwältigender Ehrfurcht. Dann bog sie das Haupt nach hinten und schaute gerade zum Zenith hinauf. Der ungeheure silberne Halbmond über ihr nahm ungefähr ein Sechstel des Himmelsgewölbes ein.

Ihr Gemahl kam zu ihr und nahm sie in die Arme. Er hob sie hoch wie ein kleines Kind, denn so schwach war nun die Erdanziehung geworden. Er legte sie auf einen langen, niedrigen Deckstuhl, so daß sie ohne Beschwerden emporblicken konnte. Die prächtige Mondesscheibe wurde schnell größer und deutlicher, und als Clothilde in einer Ekstase aus Erstaunen und Bewunderung dort lag, sah sie, daß Punkte von blendend weißem Licht nacheinander zu den dunklen Stellen hin aufflammten und Lichtstrahlen auszusenden begannen – wie riesige Vulkane in vollem Ausbruch, welche Ströme lodernden Feuers aus flammenden Kratern spien.

»Sonnenaufgang auf dem Monde«, sagte Reventlow, der sich neben ihr auf einem andern Stuhle ausgestreckt hatte. »Ist es nicht ein prachtvoller Anblick? Aber auch das ist noch nichts gegen das, was wir morgen zu sehen bekommen. – Nur, daß es hier gar keinen Morgen gibt.«

»Ja«, sagte Clothilde verträumt, »ist es nicht prachtvoll? All das – und die Sterne! Ich kann es gar nicht fassen, Geliebter! Es ist alles so großartig und wunderbar! Aber wo ist die Erde? Wir müßten sie doch noch sehen können?«

»Nicht von hier aus«, erwiderte der Graf. »Denn sie befindet sich unter uns. Komm mit nach unten, dann wirst du Mutter Erde so sehen, wie du sie noch nie gesehen hast.«

Sie stiegen in den unteren Schiffsraum hinab und gingen zum hinteren Ende des Maschinenraumes. Reventlow schaltete das electrische Licht ein und drückte auf einen Hebel, der an einer Seitenwand befestigt war. Ein Theil des Fußbodens, ungefähr zwei Quadratmeter, glitt lautlos zurück. Er drückte auf einen anderen Hebel an der entgegengesetzten Seite, und ein gleicher Theil des Fußbodens verschwand. Eine große, vollständig von durchsichtigem Glas bedeckte Fläche erschien im Boden.

Er schaltete die Lichter wieder aus, führte Clothilde an den Rand des Geländers und sagte: »Das ist deine Heimatwelt, meine Theure! Das ist die Erde!«

So wunderbar der Mond auch schien – das prächtige Schauspiel, das sich zu ihren Füßen ausbreitete, war doch unendlich großartiger. Eine riesige, silbergraue Scheibe, von Linien und Punkten blendenden Lichtes durchzogen und zur Hälfte mit ungeheuren, schimmernden, grünlichgrauen Flächen bedeckt, bildete offenbar den Boden des großen Abgrundes unter ihnen. Sie waren noch nicht weit genug entfernt, um die allgemeinen Züge der Erdtheile und Oceane unterscheiden zu können, und glücklicherweise wogten über der ihnen zugewandten Erdhalbkugel in diesem Moment keine Wolken, so daß Clothilde mit einem freudigen Jauchzen sogar unser geliebtes deutsches Vaterland erkennen konnte.

Sie blieb nahezu eine Stunde in die wunderbare Erscheinung der heimatlichen Welt versunken, die sie nun hinter sich gelassen hatten. Erst dann konnte sie sich losreißen und erlaubte ihrem Manne, die Schieber wieder vorzulegen.

Unsere beiden Helden fühlten freilich sehr wenig Müdigkeit in der ersten Nacht ihrer wunderbaren Reise, doch gegen die sechste Stunde nach Verlassen der Erde ging die von den auf sie eingewirkten Eindrücken ebenso wie von der körperlichen Müdigkeit überwältigte Clothilde zu Bett. Zuvor mußte ihr Gemahl versprechen, sie pünktlich zu wecken, damit sie die Landung auf dem Monde nicht verschlief.

Während die schmucke Gräfin in ihrem Bette ruhte, versenkte sich ihr Gemahl im Salon des *Excelsior* in die Lektüre der Zeitschrift *Ehr' und Vaterland,* die er seit dem Tage ihrer Gründung abonniert hatte, um über die Lage in seinem geliebten Vaterlande auf dem laufenden zu bleiben, denn leider hatte die mühselige Arbeit am *Excelsior* den politisch interessierten Grafen in den vergangenen Wochen daran gehindert, sein Leib- und Magenblatt regelmäßig zu goutieren.

Während er, im Ohrensessel sitzend, ein Pfeifchen schmauchend, die neueste Ausgabe durchblätterte, verzog sich seine frische Miene, denn das, wessen seine scharfen Soldatenaugen ansichtig wurden, trug nicht dazu bei, ihn zu entzücken. Mit äußerstem Mißmuth registrierte er, daß die socialdemokratischen Hetzer in der Reichshauptstadt schon wieder Unfrieden unter den Arbeitern säten. Diese roten Rüpel wurden immer frecher! Daß sie die ungebildeten Stände gegen den von Gott zum Herrschen bestimmten Kaiser aufhetzten, war nicht mehr tolerierbar! Man mußte dieser Plage endlich Herr werden!

Doch gab es nicht nur Negatives über die politische Lage zu berichten: Der Vorsitzende des Verbandes der Textilmanufacturen hatte eine neue Verhaltensmaßregel für alle Commis, Ladenschwengel und Bürokräfte erlassen, um zu verhindern, daß sie von den socialdemokratischen Agitatoren manipuliert wurden: Sie untersagte jedem aufrechten Mann der betrieblichen Gefolgschaft, Lokale aufzusuchen, in denen die roten Agitatoren verkehrten.

Ein befriedigtes Lächeln legte sich auf die Lippen des Grafen. Ha, das reichte wohl, um diesen Lumpen einen Dämpfer zu verpassen! Es war höchste Zeit, daß man gegen diese Kerle vorging. Vielleicht sollte man sie feste auspeitschen, damit sie auf andere Gedanken kamen.

Reventlow bedauerte seufzend unseren geliebten Kaiser, der sich mit diesem Pack herumschlagen mußte. Als Herrscher einer vorbildlichen Nation hatte er gewiß wichtigere Dinge zu thun, als sich mit den törichten Forderungen der Proleten abzugeben. Reventlow kannte sich aus; schließlich war er Theilhaber einer Zinkgrube im fernen Chile und gehörte dem Aufsichtsrat einer Barmer Textilmanufactur an.

Zwei Stunden später erwachte seine Gemahlin wieder und trank den Kaffee, den er für sie zubereitet hatte. Anschließend gingen sie wieder aufs Oberdeck.

Zu ihrer Verwunderung stellte Clothilde fest, daß der Tag auf der einen Seite heller war als je zuvor, und auf der anderen war die Dunkelheit schwärzer als die schwärzeste Nacht auf der Erde. Rechts von ihr befand sich ein intensiv glänzender Himmelskörper, der etwa halb so hoch war wie der ganze Mond von der Erde aus gesehen. Er strahlte mit unfaßbarer Helligkeit aus einem Himmel hervor, der schwarz wie eine Mitternacht und mit Sternen übersät war. Es war die Sonne – die Sonne! –, die mitten im luftleeren Raum schien.

Die dünne Atmosphäre in dem von der Glashaube bedeckten Raume war prächtig erleuchtet, aber nicht merklich warm; dennoch warnte Reventlow seine Gemahlin, keinen Gegenstand anzufassen, auf welchen die Sonnenstrahlen fielen, denn sie waren übermäßig heiß. Auf der anderen Seite war derselbe schwarze, unermeßliche Raum, den sie die Nacht zuvor gesehen hatte – ein Ocean der Dunkelheit, von Lichtinseln übersät.

Hoch oben am Zenith schwebte die breite, grausilberne Sichel der Erde, die nun ein beträchtliches Stück kleiner war; unter ihnen aber befand sich nun ein Himmelskörper, der im Augenblick von viel größerem Interesse für sie war. Wenn sie nach links hinabschaute, erblickte sie eine riesige, schwach leuchtende Fläche, auf der sie keinen Stern unterscheiden konnte. Es war der von der Erde beleuchtete Theil des lange vertrauten und doch so geheimnisvollen Erdtrabanten, der ihnen zum Ruheplatz für die nächsten paar Stunden dienen sollte.

»Die Sonne ist hier noch nicht aufgegangen«, sagte Reventlow, als Clothilde in die Leere hinabblickte. »Es ist noch das Licht der Erde. Sieh dorthin, zu der anderen Seite!«

Clothilde schritt an Deck entlang und gewahrte die seltsamste Landschaft, die sie je gesehen hatte. Dem Anschein nach nur ein paar Meilen unter ihr breitete sich eine riesige, halbmondförmige Ebene aus, die ihre Bogen nach beiden Seiten auf Hunderte von Meilen ausdehnte. Der äußere Rand wirkte gezackt und hatte kleine, wie Gebirge aussehende Auswüchse; sie hoben sich hell und klar von der schwarzen Leere ab, aus welcher die Sterne mit aller Kraft strahlten.

Die Ebene selbst zeigte das Bild der schrecklichsten und größten Verwüstung, wie es sich nur die düstere Phantasie eines Dante vorstellen konnte: Riesige Bergwände, zu unendlicher Höhe aufstrebend, und große, kreisförmige und ovale Ebenen umfassend, die eine Seite flammend in unerträglichem Lichte, und die andere Seite schwarz in undurchdringlicher Finsternis. Ungeheure Thäler erstreckten sich vom glänzenden Tageslicht in die strahlenlose Nacht – vielleicht sogar bis in die hohlen Eingeweide der toten Welt selbst hinein. Gewaltige grauweiße Ebenen breiteten sich um die Gebirge herum aus, welche von Bergrücken und langen, schwarzen Linien durchzogen wurden, die außerordentlich große Spalten mit senkrechten Wänden sein mußten. Doch alles war ein hartes Grauweiß und Schwarz, alles unerträgliche Helle oder abstoßende

Finsternis. Nirgendwo gab es eine Spur von Leben – keine schattigen Wälder, keine grünen Felder, keine breiten, schimmernden Oceane; nur eine Wildnis von toten Gebirgen und toten Ebenen.

»Was für ein schreckliches Land!« sagte Clothilde schaudernd. »Wie weit sind wir davon entfernt?«

»Ungefähr fünfzehnhundert Kilometer«, antwortete Reventlow, der die Landschaft unter ihnen vermittelst eines stark vergrößernden Teleskops überblickte, das an Deck stand. »Nein, es sieht wahrlich nicht verlockend aus, aber es ist nichtsdestotrotz ein wunderbarer Anblick, für welchen ein guter Theil unserer Freunde alles dahingäbe, um ihn zu genießen. Ich lasse das Schiff ziemlich schnell sinken, so daß wir in ein paar Stunden landen können. Die Triebkraft werde ich leicht nach rückwärts richten, so daß wir schräg herunterkommen und etwas mehr von der beleuchteten Scheibe sehen. Wir sind bei abnehmendem Mond aufgestiegen, damit wir auf die abgewandte Seite gelangen, während sie beleuchtet ist.«

Sie gingen beide hinunter; der Graf, um die Antigravitationskraft abzulenken, damit eine Maschine dem Schiff eine leicht schräge Richtung verlieh, während die andere, die Mondoberfläche gerade ansteuernd, ihren Fall einfach verringerte; und Clothilde, um ihren Knaur'schen Mondatlas zu studieren.

Als sie zurückkamen, hatte der *Excelsior* seinen Kurs sichtbar verändert, und statt gerade auf den Mond zu fallen, kam er in einer schrägen Linie auf ihn hinab. Das Ergebnis war, daß die sonnenbeschienene Mondessichel rapid breiter wurde, während Gipfel auf Gipfel und Bergkette auf Bergkette aus dem jenseitigen schwarzen Abgrund hervortauchten. Die Sonne klomm schnell an dem sternenbestreuten Himmel empor, und die Erde sank immer geschwinder hinter ihnen zurück.

Nach einer weiteren Stunde schweigend verzückten Erstaunens und Verwunderns bemerkte der Graf: »Glaubst du nicht, daß es bald Zeit zum Frühstücken ist, oder sollen wir damit warten, bis wir gelandet sind?«

»Ein Frühstück auf dem Monde!« rief Clothilde freudig aus und klatschte in die Hände. »Das wäre unaussprechlich schön! Stell dir nur vor, mein Theurer, was die Damen meines Nähkränzchens sagen werden, wenn ich ihnen demnächst davon erzähle! Sie werden gewiß vor Neid platzen; und ganz besonders Frau von Schönthann, die sich keine Gelegenheit entgehen läßt, mit ihren Reisen in das Seebad Norderney zu prahlen! – Selbstredend werden wir bis nach der Landung warten!«

»Nun wohl«, sagte der Graf. »Siehst du jenen dicken, schwarzen Ring da unter uns? Das ist, wie dir vermutlich bekannt ist, der berühmte Berg Tycho. Ich werde versuchen, einen passenden Ort auf der oberen Seite des Ringes zu finden, den wir als Landeplatz nutzen können. Dann wirst du in der Lage sein, die Landschaft aus einer Höhe von sechs- oder siebentausend Metern zu erblicken.«

Ungefähr zwei Stunden später lief ein leises, knarrendes Zittern durch den Schiffsleib, und die Landung war vollendet. Nach einer sensationellen Fahrt von weniger denn zwölf Stunden hatte der *Excelsior* eine Strecke von mehr als dreihundertundachtzigtausend Kilometern zurückgelegt und ruhte nun gemächlich auf der unbetretenen Oberfläche der Mondeswelt.

»Hier oben werden wir sicherlich keine Atmosphäre vorfinden«, sagte Reventlow, nachdem sie ihre Marmeladenbrötchen und das Frühstücksei verzehrt hatten, und wischte sich mit einer Serviette den Mund ab. »Doch in den tieferen Regionen könnten wir durchaus auf atembare Luft stoßen. – Wenn gnädige Frau jetzt

Lust zu einem Spaziergang haben, sollten wir lieber aufbrechen und unsere Atemkostüme anziehen.«

Die von unserem genialen Helden erfundenen Atemkostüme waren der Taucherkleidung nicht unähnlich, allerdings bedeutend leichter. Die aus Aluminium gefertigten Helme waren kleiner und mit Asbest überzogen. Auf dem Rücken war eine Art Tornister angebracht, und an demselben befand sich ein Cylinder mit flüssiggemachtem Sauerstoff, welcher, wenn er durch den Ausdehnungsapparat geführt wurde, für lange Zeit genug reine Luft lieferte, denn die, die man veratmete, wurde in ein anderes Abteil der oberen Kammer geleitet und dort durch eine chemische Lösung getrieben, die sie vom Kohlendioxid befreite und erneut zum Einatmen tauglich machte.

Der Luftdruck des Helmes regelte allein die Zuführung der Luft, die unter keinen Umständen in die Kleidung abweichen durfte, da die Luftleere auf dem Monde sie dazu geführt hätte, sie auszudehnen und den Stoff so zu zerreißen. Die beiden Helme konnten zur gegenseitigen Verständigung durch einen leichten Draht mit einem kleinen Telephonapparat im Helminneren verbunden werden.

Graf Reventlow und seine Gemahlin verließen den *Excelsior* durch eine luftdichte Kammer in der Wand des untersten Raumes. Nachdem Carl die erste Thür hinter ihnen geschlossen hatte, öffnete Reventlow die nächste und ließ eine kurze Leiter auf das graue, mit losem Sand bedeckte Gestein der kleinen Ebene sinken, auf welcher sie gelandet waren. Dann trat er zur Seite und gab Clothilde mit einer ritterlichen Geste zu verstehen, sie möge als erste hinuntersteigen.

Clothilde verstand ihn. Sie nahm seine Hand und stieg die vier bequemen Stufen hinab. Zum ersten Mal betrat ein menschlicher Fuß den Mond!

»Was empfindest du, meine Theure?« fragte der

Graf, als seine Gemahlin den ersten Fuß auf die Oberfläche des Mondes setzte.

»Für mich«, erwiderte Clothilde, »ist es nur ein kleiner Schritt – aber es ist ein großer Schritt für unser geliebtes Deutschland!«

Dem Grafen wurde es warm ums Herz. Er folgte ihr mit einem sportlichen Sprunge, der ihn langsam an ihre Seite brachte, dann nahm er ihre Hände in die seinen und drückte sie.

Darauf knüpfte er den Telephondraht an, und sie schritten Hand in Hand über das kleine Plateau auf den Rand des fürchterlichen Abgrundes zu, der vierundfünfzig Kilometer breit und nahezu siebentausend Meter tief war. In seiner Mitte ragte ein etwa zweitausend Meter hoher kegelförmiger Berg auf, dessen Gipfel gerade mit den Sonnenstrahlen in Berührung kam. Die Hälfte der unermeßlichen Ebene war bereits glänzend erleuchtet, doch um den mittleren Kegel lag ein riesiger Halbkreis aus undurchdringlicher Finsternis.

4. KAPITEL

Graf und Gräfin Reventlow hatten den *Excelsior* kaum über die Treppe verlassen, als der bolschewistische Spion ihnen hinterrücks eine lange Nase drehte. Dann wandte er sich um und watschelte in die Gemächer des Grafen.

Dort angekommen, zeigte sich, daß er nicht nur ein respektloses und verkommenes, sondern auch ein diebisches Subjekt war: Bar von Scham und Hemmung öffnete er das auf dem gräflichen Nachtschränkchen liegende Kästchen mit den teuren Havanna-Cigarren, entnahm ihm eine und zündete sie an. Dicke Rauchwolken ausstoßend öffnete er sodann die kleine Thür des Nachtschränkchens, entnahm ihr eine Flasche Cognac Courvoisier von 1888, entkorkte sie respektlos mit den Zähnen und genehmigte sich einen großen Schluck.

Nachdem Carl, um seine revolutionäre Verachtung für Sitte und Anstand zu documentieren, wie ein Prolet gerülpst hatte, füllte er die Flasche mit einer Tasse Wasser aus der bereits benutzten Waschschüssel seines Herrn auf, kicherte wie ein Kretin vor sich hin und trat vor den Spiegel, um in kindischster Manier Grimassen zu schneiden. Alsdann zeigte sich sein tölpelhaftes Ungeschick auf das Trefflichste, als er den seidig glänzenden Zylinder Reventlows aufsetzte und wie ein Geck vor dem Spiegel einherstolzierte, Töne wie ein gackerndes Huhn ausstieß und an der Havanna lutschte – gerade so, wie sich der kleine Moritz einen feinen Herrn vorstellt, der vor der Oper auf seine Braut wartet.

Jedem zufällig anwesenden Beobachter wäre spätestens nach dieser peinlichen Zurschaustellung klar geworden, wes Geistes Kind er war: Eine Ausgeburt jenes Theils der Bevölkerung, der aufgrund seiner niederen Geburt und der aus ihr resultierenden geistigen Beschränktheit heftigen Neid auf den Adel verspürt.

Nachdem er der in einem goldenen Rahmen befindlichen, auf des Grafen Nachtschränkchen stehenden Fotografie Clothildens demonstrativ die Zunge herausgestreckt hatte, um zu demonstrieren, welche Verachtung er hochgeborenen Damen entgegenbrachte, warf er sich auf das Bett, verschränkte unthätig die Arme hinter dem Kopfe und blies blaue Kringel in die Luft – wie ein Müßiggänger, der sich im Besitze einer Million Goldmark befindet und es nicht nötig hat, für seinen Lebensunterhalt zu arbeiten.

In seinem von Neid und Mißgunst verdrehten Geiste formte sich ein Plan, und seine rote Seele lachte, als er sich ausmalte, wie er den *Excelsior* kapern und den Grafen und seine Gemahlin allein auf dem Monde zurücklassen würde.

Als er sich vorstellte, wie die beiden langsam und elendiglich erstickten, wenn ihnen der Sauerstoff ausging, und welche Miene unser geliebter Kaiser aufsetzen würde, wenn er erfuhr, daß die geheime und mutige Expedition zum Monde in einem Fiasko geendet hatte, lachte sein Herz, und er kicherte wie eine Hyäne. Ja, die Genossen auf der Erde würden ihm einen Orden verleihen, wenn er meldete, daß die Adelsbrut auf dem Monde verreckt war.

Schon sah er sich zu einem Umtrunke in den Kreml eingeladen, und zu der Orgie, die man immer veranstaltete, wenn ein Held der Arbeiterklasse dem Imperialismus einen besonders derben Schlag versetzt hatte. Dann floß der Wodka in Strömen, und es wurde Kaviar aus Eimern gefressen. Ganz besonders freute er sich auf die ansehnlichen Töchter des entmachteten russischen Adels, die man in den Moskauer Schweineställen versteckt hielt und nur herausholte, wenn sich eine Gelegenheit bot, sie ordentlich zu erniedrigen. Von seinem Genossen Boris Borissowitsch Borissow wußte er, daß die adeligen Olgas und Wandas die feste Hand echter proletarischer Helden besonders zu schätzen wußten. Es gab unter ihnen sogar einige, die erst jetzt wußten, was ihnen im Bette ihrer blutarmen, dekadenten Gatten entgangen war.

Nachdem Carl die gräfliche Cigarre aufgeraucht hatte, erhob er sich vom Bette seines Herrn und begann die Schränke und Schubladen des Quartiers zu durchwühlen, wobei ihm diverse Privatdrucke aus Paris in die Hände fielen. Diese Privatdrucke waren freilich nur für die Augen eines Herrn von Adel bestimmt, dessen sittliche Reife Hand in Hand mit seiner Education ging und inhaltlich für einen Mann von Welt von völlig harmloser Natur waren – doch in den Pranken eines niederen, ungebildeten Kretins wirkten sie wie schlimmste Pornographie.

»Na, warte, du doofer Krautjunker«, kicherte Carl hämisch vor sich hin, nachdem er eine Seite aus den *Memoiren einer Sängerin* gelesen hatte, »wenn ich deiner Alten stecke, was du für Sauereien liest, kannst du gleich den Abschied einreichen …«

Dann fiel ihm das Logbuch des *Excelsior* in die Hände, das er eilends überflog, um sich den Plänen Reventlows zuzuwenden, die darin bestanden, sich nach dem Besuche des Mondes den restlichen acht Planeten des Sonnensystems zuzuwenden. Als Carl aus den Aufzeichnungen seines Herrn erfuhr, daß dieser plante, jede Welt, auf die er den Fuß setzte, dem Kaiser in Berlin zu schenken, nahm sein Gesicht animalische Züge an.

»Das fehlte gerade noch«, brabbelte er vor sich hin. »Eher will ich tot umfallen, als dies zulassen!« Und er erinnerte sich an die letzte Zusammenkunft mit seinen Genossen in Moskau, dem glatzköpfigen Wladimir Iljitsch und dem schnauzbärtigen Josef, der sich früher in Georgien als Bankräuber im Kampf gegen das bourgeoise Pack verdient gemacht hatte. Sie hatten ihm eine geräumige Datscha an der Krim, einen neuen Mercedes Benz und zwei junge Baronessen aus einer Seitenlinie der Romanows als Dienerinnen in Aussicht gestellt, wenn es ihm gelang, das gesteckte Ziel zum Ruhme der Sowjetunion zu erreichen.

Wenn dies kein Antrieb war! Carl rieb sich verschlagen die Hände, legte alles sorgfältig zurück und schaute sich um, ob auch alles am rechten Platz lag. Als er einen zufriedenen Schritt zur Thür der gräflichen Kabine machte, fiel sein Blick erneut auf das Ganzfoto Clothildens, und er verharrte, nahm es an sich und musterte die schönen Züge der jungen Frau, deren reines Antlitz auch deutlich von ihrem seelischen Adel zeugte.

»Welch tolle Titten!« seufzte er begehrlich. »Und erst dieser Arsch!«

Und er überlegte sich, ob er sich zuerst noch einen Spaß mit ihr machen sollte, bevor er sie in das eiseskalte Vacuum des Mondes hinausstieß.

5. KAPITEL

»Tag und Nacht in demselben Thal, zu gleicher Zeit, Seite an Seite«, murmelte Clothilde vor sich hin, die in eben diesem Augenblick völlig ahnungslos an der Seite ihres Gemahls dahinging und die gezackte, graue Landschaft unseres Erdtrabanten musterte.

Dann deutete sie in die hell erleuchtete Ferne hinunter und fuhr fort: »Sieh nur, Lieber, am Fuße des Berges dort! Sieht das nicht nach den Ruinen einer Stadt aus?«

»Sie sehen in der That so aus«, sagte Graf Reventlow nickend. »Und wenn die Theorie jener Fraktion stimmt, die davon ausgeht, daß auf dem Monde einst intelligentes Leben existiert hat, spricht kein Grund dagegen, warum es keine solchen sein sollten.« Seine Augen blickten forschend in die Ferne, dann sagte er: »Ich war schon immer dieser Meinung: Als das Wasser und die Luft aus den höher gelegenen Theilen des Mondes verschwanden, waren die Einwohner – wer sie auch waren – genötigt, in die tiefer gelegenen Gefilde hinabzusteigen.« Er nahm Clothildens Hand. »Wollen wir hinuntergehen und sie uns ansehen?«

»Aber wie?« fragte sie. »Sieh doch nur den Abgrund!«

Graf Reventlow lachte herzlich. Dann deutete er auf den *Excelsior.* Clothilde nickte mit dem behelmten Kopfe, und kurz darauf wandten sie sich wieder dem Schiffe zu. Einige Minuten später hatte sich der *Excelsior* flugs von seinem Ruheplatze erhoben. Er schwebte majestätisch und schnell über den halben Krater hinweg und sank dann langsam in die Tiefe. Dank der Genialität seines Erbauers landete er so sanft wie zuvor auf dem Boden. Nun standen sie auf der Mondesoberfläche etwa eine Meile von dem mittleren Kegel entfernt.

Doch diesmal traf Reventlow die Vorsichtsmaßnahme, ein Magazingewehr und zwei Revolver mit sich zu nehmen – für den Fall, daß sie in den geheimnisvollen Tiefen irgendeinem fremdartigen Ungeheuer oder Überbleibsel der verschwundenen Mondesfauna begegneten.

Clothilde führte, obgleich sie gut schießen konnte, nur eine Waffe mit sich – eine photographische Camera mit einem dreibeinigen Gestell, welches hier allerdings nur ein Sechstel seines irdischen Gewichts aufwies.

Als sie die sandige Oberfläche betraten, bestand das erste, was Reventlow that, darin, sich hinzuknien und ein Wachskerzchen anzuzünden. Das schwache Glühen des Lichtes ging aber sogleich wieder aus.

»Hier ist keine Luft«, sagte er, »deshalb werden wir auch keine lebenden Wesen vorfinden – jedenfalls keine solchen wie uns.«

Sie empfanden das Marschieren als sehr angenehm, da ihre Schuhe das nötige Gewicht hatten, um die große Differenz in der Schwere einigermaßen auszugleichen. Einige Minuten scharfen Ausschreitens brachten sie zu den Vororten der Stadt. Dieselbe war nicht von Wällen umgeben und wies keine Spuren irgendwelcher Befestigungsmaßnahmen auf. Die Straßen waren breit und gut gepflastert, und die aus großen Blöcken eines grauen Gesteins bestehenden Häuser waren mit weißem Cement gemauert. Sie sahen aus wie unbewohnte Neubauten – als stünden sie erst wenige Monate, obgleich sie schon Hunderttausende von Jahren standen. Sie zeigten ausnahmslos alle flache Dächer, waren einstöckig und durchweg von gleicher Bauart.

Zwischen ihnen befanden sich einige öffentliche Gebäude, die aber vollständig jeder Ornamentierung entbehrten. Um einige der Häuser befanden sich freie Plätze, die vielleicht einst Gärten gewesen waren. Inmitten der Stadt, die etwa einen Raum von vier Quadratkilometern einnahm, ragte ein riesiges, mit Sandsteinen gepflastertes Quadrat auf, das mehrere Zoll hoch und von leichtem, grauem Staub bedeckt war. Als sie darüber hinwegschritten, blieb der Staub liegen. Ihre Schritte verursachten nur Fußabdrücke, denn es war keine Luft vorhanden, um den Staub zu tragen, sonst wäre er in Wolken rings um die beiden Wanderer aufgewirbelt.

Im Mittelpunkt des Quadrates ragte eine riesige Pyramide von etwa dreihundert Metern in die Höhe – das einzige Bauwerk in der großen, schweigenden Stadt, das den Anschein erweckte, ein Denkmal oder vielleicht ein Tempel zu sein, den die verschwundenen Bewohner errichtet hatten. Als sie sich ihm näherten, bemerkten sie eine sonderbare weiße Einfassung, die um die Treppe verlief, die zu dem Bauwerk führte. Bei näherem Herankommen sahen sie, das der Besatz aus gebleichten Gebeinen und Schädeln bestand, die in ihrer Form denen der Erdbewohner glichen – nur waren sie bedeutend größer, und die Rippen zeigten Proportionen, die zum Rest der Skelette in einem Mißverhältnis standen.

Der Graf und die Gräfin standen, von einem Schauder gepackt, vor diesem seltsamen Anblick. Reventlow bückte sich und ergriff einen Knochen, ein riesiges Schenkelbein. Als er ihn aufheben wollte, brach er entzwei, und das Stück, das in seiner Hand verblieb, zerfiel sofort in weißes Pulver.

»Schockschwerenot!« sagte er überrascht.

Seine Gemahlin schauderte, als sie des Pulvers ansichtig wurde und meinte »Es sieht aus wie Mehl.«

»Ich frage mich«, sagte Graf Reventlow nachdenklich und ließ den Blick über die bleichen Gebeine schweifen, »nach welchen Prinzipien die ausgestorbenen Seleniten wohl gelebt und ob sie an einen Gott geglaubt haben.«

»Aber gewiß!« sagte Clothilde in fester Überzeugung. »Sie waren doch, wie man an ihren Behausungen erkennen kann, ein civilisiertes Volk. Und wenn man dies bedenkt, hatten sie gewiß auch einen gütigen Kaiser und liebten ihr Vaterland so wie wir das unsere.« Sie verfiel in ein nachdenkliches Schweigen, als sei ihr eine ungeheure Idee gekommen. Schließlich sagte sie zögernd: »Obgleich ich mir, wenn ich diese Gebäude sehe, die ganz ohne Zier und Ornamente sind und einander wie ein Ei dem anderen gleichen, mit etwas Phantasie auch vorstellen könnte, daß es ganz anders war ...«

Graf Reventlow sah seine junge Gemahlin fragend an. »Wie meinst du das, meine Liebe?«

»Nun«, hub Clothilde zu sprechen an, »die Einförmigkeit der Bauweise läßt mich mit Erschrecken an das denken, was aus unserem geliebten Vaterlande werden könnte, wenn es den Socialdemokraten je gelänge, die Macht zu ergreifen.«

»Clothilde!« sagte Reventlow erschrocken. »*Du* interessierst dich für Politik?« Dies wäre ihm ein großer Schreck und Graus gewesen, denn Frauen und Politik – das wußte er ebenso wie jeder andere – gehörten nicht zusammen. Er war deshalb auch sehr erleichtert, als er seine Gemahlin glockenhell lachen und sagen hörte: »Aber nein, mein Theurer! Politik ist und bleibt Männersache! Mir fiel nur ein, was Baroness von Klinckowstroem letztlich beim Fasanenessen bemerkte: daß die Socialdemokraten die Absicht haben, alles und jedes zu nivellieren.«

»Wie die Mondmenschen auch immer gelebt haben«, sagte Reventlow, der sich insgeheim über die detektivische Beobachtungsgabe seiner Gemahlin freute, obwohl er ihre Mutmaßung, die Socialdemokraten könnten je so mächtig werden, um unseren geliebten Kaiser zu stürzen, für geradezu ketzerisch hielt, »sie waren jedenfalls Riesen. Als ihnen dort oben das Wasser und die Luft ausgingen, sind sie hier heruntergestiegen und haben diese Stadt gebaut. Schau dir ihren kolossalen Brustumfang an! Sie waren die Widerstandsfähigsten. Und hier war vermutlich ihr Tempel, so daß sie hierherkamen, um zu sterben.«

»Wenn sie einen Tempel hatten«, sagte Clothilde mit einer messerscharfen Logik, die Reventlow noch mehr verblüffte, »dann haben sie auch an einen Gott geglaubt. Und deswegen können sie unmöglich Socialdemokraten gewesen sein.«

»Du hast recht«, erwiderte der Graf und nickte. »Aber ich möchte wissen, vor wieviel tausend Jahren das war. Sie sind an Hitze, Kälte, Hunger und Durst eingegangen – die Letzten einer Rasse, die der unseren, wenn man ihre Knochen sieht, allem Anschein nach ähnlich war.«

Er fragte sich nun auch, ob die Möglichkeit bestand, daß die ausgestorbenen Seleniten Socialdemokraten gewesen waren. Vielleicht interpretierte er die Pyramide falsch. Vielleicht war sie gar kein Tempel gewesen. Clothildens Argument über die Einförmigkeit der Gebäude gab ihm zu denken. Was sie über die Gleichmacherei der Socialdemokraten gesagt hatte, traf zu.

Erst kürzlich hatte er in *Ehr' und Vaterland* gelesen, daß die roten Lumpen von unserem geliebten Kaiser sogenannte ›menschenwürdige Wohnungen‹ für die Arbeiterklasse verlangten. Der Artikel war mit der Illustration einer Mietskaserne nach dem Geschmack der Führer der Socialdemokratischen Partei versehen gewesen, und wenn er sich recht erinnerte, hatte das, was ihnen gefiel, verdammt viel Ähnlichkeit mit dem, was sie hier sahen.

Socialdemokraten auf dem Monde, dachte er und schüttelte sich. Je länger Reventlow bei diesem Gedanken verweilte, desto schauriger wurde ihm zumute, denn wenn ein Volk, das Jahrtausende vor dem der Erde existiert hatte, zur Socialdemokratie konvertiert war, konnte das nicht bedeuten, daß auch die Martier, die vielleicht noch lebten, diese Richtung eingeschlagen hatten? Und die Venusmenschen? Und ... Vielleicht waren *alle* entwickelten Völker des Sonnensystems, die nicht auf Erden lebten, Socialdemokraten.

»Grauenhaft ...«, flüsterte er und spürte ein Würgen in der Kehle.

»Es ist in der That grauenhaft«, sagte Clothilde, die freilich nicht wußte, was er als so grauenhaft empfand. »Wollen wir in den Tempel hineingehen? Da oben scheint ein Eingang zu sein ... Nur wäre es mir nicht lieb, über alle diese Knochen schreiten zu müssen.« Ihre Stimme klang seltsam hohl durch den Telephondraht, der die beiden Helme verband.

»Ich nehme an, es wird niemanden kümmern, ob wir es thun«, antwortete Reventlow, immer noch schaudernd. »Nur dürfen wir nicht allzu weit in ihn eindringen. Das Bauwerk könnte voller Kreuz- und Irrgänge sein, und wenn wir uns verlaufen ...« Trotz seines Schauderns empfand er plötzlich das unbändige Verlangen, das Geheimnis des muthmaßlichen Tempels zu ergründen. Er *mußte* in Erfahrung bringen, ob Clothildens ketzerische Annahme möglich war. Er konnte unmöglich vor unseren geliebten Kaiser treten, ohne genau in Erfahrung gebracht zu haben, in welchem politischen System die Seleniten gelebt hatten und woran sie letztlich zugrunde gegangen waren.

»Unsere Lampen werden uns wenig helfen«, fuhr er fort, »denn da es hier keine Luft gibt, werden sie wie Lichtpunkte wirken, und ohne sie sehen wir gar nichts.

Das ist zwar schade, aber daran läßt sich nichts ändern. – Komm!«

Sie stiegen die Treppe hinauf, zermalmten dabei die Gebeine und Schädel mit den Füßen zu Staub und traten in eine hohe, viereckige Thüröffnung, die sich wie ein schwarzes Rechteck von der grauweißen Wand abhob. Trotz ihrer Asbestkleidung spürten sie plötzlich einen Schauer von Eiseskälte. Nur wenige Schritte hatten sie aus der zehnfachen Sonnenhitze in eine Kälte gebracht, die weit intensiver war als am kältesten Ort der Erde. Sie schalteten die auf den Brustplatten ihrer Anzüge angebrachten elektrischen Lampen ein, sahen aber kaum mehr als das Glühen derselben.

Rings um sie her herrschte undurchdringliche Finsternis, und so blieben sie stehen. Vor ihnen erstreckte sich ein Gang, in dem leicht fünf ausgewachsene Personen nebeneinander gehen konnten. Die Decke war drei Meter hoch, und die Dunkelheit im Korridor des unheimlichen, bedrohlich wirkenden Bauwerkes, die ihnen wie der feuchtkalte Odem eines Grabes entgegenschlug, erweckte in ihnen den Verdacht, daß sie sich möglicherweise auf etwas einließen, das sie bereuen würden.

Doch der nun in ihnen erwachende Forscherdrang trieb sie voran. Sie schritten feste aus, durch einen ovalen Tunnel, der für Wesen entworfen schien, die eindeutig eine größere Statur hatten als Menschen. Als sie zehn oder fünfzehn Meter gegangen waren, entdeckten sie sogar kleine Lichtpunkte an der Decke – doch der Gang war für Augen beleuchtet, die nur ein Minimum der Helligkeit benötigten, auf die Menschen von der Erde angewiesen waren.

Wie in dichtem Nebel konnten sie nur ihre allernächste Umgebung ausmachen. Dahinter breiteten sich Finsternis und dann ein labyrinthisches Gewirr aus ebenso mangelhaft beleuchteten Quergängen aus, die weder Anfang noch Ende zu haben schienen. Nach einigen Minuten wurde ihnen klar, daß es Wahnsinn gewesen war, den vermeintlichen Tempel zu betreten. Das Pyramidengebäude war in seinem Inneren so riesenhaft, daß nicht einmal eine ganze Companie Soldaten es hätte an einem Tage erforschen und vermessen können. Irgendwann gelangten unsere Helden, als der Korridor endete, in eine große, leere Halle, die einem Thronsaale nicht unähnlich war.

Doch sahen sie keinen Thron, sondern nur gewaltig große Steinplatten, die den Boden bedeckten. Die Halle war so groß, daß das Innere derselben als Exerzierplatz für sechs Infanterie-Companien ausgereicht hätte. An der rückwärtigen Wand erblickte des Grafen staunendes Auge urplötzlich einen hoch aufragenden schwarzen Monolithen, der ihm und seiner jungen Gemahlin in aller Deutlichkeit zeigte, daß auch die Seleniten einst Weltenraumschiffe nach der Art des *Excelsior* gekannt und verwendet hatten.

Auf dem zehn Meter hohen und zwanzig Meter breiten glattpolierten Stein, der einen großen Theil der Hallenwand einnahm, entdeckten sie das von fremdartigen Werkzeugen eingravierte Abbild eines an eine Cigarre erinnernden Weltenraumschiffes, das auf den ersten Blick an einen Zeppelin erinnerte, doch beim Nähergehen wurde deutlich, daß es dem Fahrzeuge an einer Gondel für die Insassen mangelte.

Statt ihrer erkannte er in der Hülle des vermeintlichen Zeppelins zahlreiche kreisrunde Öffnungen, die ihn fatal an die Bullaugen von Seeschiffen erinnerten. Am spitz zulaufenden Buge des selenitischen Fahrzeuges befanden sich ebensolche, und in der Mitte des Schiffsleibes waren größere dieser Art, die ihm wie Einstiege erschienen. Ein gewaltiger Propeller am Heck der fremden Maschine deutete einen Antrieb an.

»Es sieht so aus, meine Theure«, sagte Reventlow zu

seiner neben ihm stehenden und gebannt auf das Relief schauenden Gemahlin, »als sei ich nicht der erste gewesen, dem es gelungen ist, ein Weltenraumschiff zu konstruieren. Auch die Seleniten haben gewußt, wie man von einem Himmelskörper zum anderen reisen kann. Dieses Gefährt ist der Beweis. Zwar sieht es wie ein Luftschiff aus, aber da es keine Gondel für die Passagiere aufweist, nehme ich an, daß der cigarrenförmige Körper nicht die Heliumbehälter beherbergt hat, sondern die Besatzung.«

»Ich bin sehr beeindruckt«, sagte die mit dem Kopfe nickende Clothilde und erschauerte sichtlich. »Doch was, Liebster, bedeuten diese eigenartigen Zeichnungen?«

Der Blick des Grafen fiel nun auf eine deutlich erkennbare Zeichnung des Sonnensystems, die ein unbekannter Künstler unter dem Bildnis des selenitischen Weltenraumschiffes eingraviert hatte. Es handelte sich um die Abbildung der Sonne, der acht Planeten sowie um den Erdtrabanten Luna und die Satelliten der äußeren Gasriesen. Daß sie sämtlich mit dünnen Linien verbunden waren, erstaunte Reventlow angesichts der Abbildung des Weltenraumschiffes nicht.

»Es hat den Anschein«, sagte er, »als seien die Seleniten mit ihren Weltenraumschiffen bereits vor langen Jahrtausenden von Planet zu Planet geflogen. Diese Linien deuten an, daß sie zu allen Welten des Sonnensystems Verbindung hielten.« Graf Reventlow hielt inne und dachte nach. Dann kam ihm eine geradezu phantastische Idee, und er fuhr aufgeregt fort: »Möglicherweise haben wir uns getäuscht, meine Liebe. Diese Pyramide, die wir für einen Tempel gehalten haben, war vielleicht einst das Hauptbureau einer großen Handelscompanie, das die Weltenraumschifffahrt schon betrieben hat, als unsere Ahnen einander noch mit Steinbeilen bekämpften.«

»Vielleicht«, sinnierte die phantasiebegabte Clothilde, die erst vor kurzem das Buch *Der Krieg der Welten* des englischen Dichters H. G. Wells gelesen hatte, »waren die damaligen Bewohner unseres Trabanten gar der Vorposten eines räuberischen martischen Kaiserreiches, das den Plan verfolgte, die Nationen der Erde zu unterwerfen oder gar auszurotten!«

Vielleicht, dachte Graf Reventlow schaudernd, hatten er und seine Gemahlin beim Betreten der Pyramide sogar einen zurückgebliebenen martischen Wächter aus dem Schlafe erweckt, dessen Aufgabe darin bestand, ungebetene Besucher zu eliminieren. Auch er hatte das Buch des Engländers gelesen, und als ihm einfiel, daß die dort geschilderten Martier mit langen Fangarmen wie die irdischen Kraken ausgestattet waren, mußte er sich schütteln vor Graus. Doch dann fielen ihm die menschlich aussehenden Skelette der ausgestorbenen Seleniten wieder ein, und er schalt sich einen Narren.

»Oscar!« hörte er seine Clothilde plötzlich sagen. »Was hat das alles zu bedeuten?«

Reventlow erklärte ihr, welche Gedanken beim Eintritt in den Pyramidengang in seinem Kopfe gekreist waren. Seine ketzerischen Speculationen über die Möglichkeit einer Machtergreifung durch die Socialdemokratie behielt er wohlweislich für sich, denn Clothilde war ein zartes Wesen, und er wollte sie nicht mit haltlosen Mutmaßungen ängstigen.

Seine Vermutung, daß die Pyramide der wirtschaftliche oder politische Knotenpunkt einer außerirdischen Macht gewesen sei, fiel bei Clothilde auf fruchtbaren Boden, und zu seiner Verwunderung gestand sie ihm, daß auch ihr dieser Gedanke gekommen sei: Die Monolithenzeichnung hatte sie zu der Ansicht gelangen lassen, daß Bewohner der Erde nicht die einzigen Intelligenzen im Weltall waren. Offenbar waren einst *alle*

Planeten des Sonnensystems bewohnt oder zumindest von einem raumfahrenden Volke besiedelt worden.

»Wenn sie schon vor Jahrtausenden durch die Sternenwelt reisen konnten«, sagte sie, »müssen sie uns technisch in unvorstellbarem Maße überlegen gewesen sein. Sie haben uns wahrscheinlich lange beobachtet und ihren Plan irgendwann aufgegeben.«

»Welchen Plan?« fragte Graf Reventlow heiser, während in seinem Inneren langsam das Flämmchen eines fürchterlichen Verdachts zu lodern begann, das sich allmählich zu einem Feuer auswuchs.

»Die Erde zu erobern«, sagte Clothilde. »Was denn sonst?«

»Warum sollten sie ihn aufgegeben haben?« fragte Reventlow. »Es gibt bei uns doch viel zu holen.«

»Weil die hochentwickelte militärische Technik Preußens sie ebenso abgeschreckt hat«, sagte Clothilde keck, »wie den Franzmann und alle anderen begehrlichen Eroberer, du Dummerchen!«

Und was ist, fragte sich Reventlow stumm, während das Feuer des Verdachts, das in seinem Inneren nun loderte wie ein heller Steppenbrand, wenn sie auf der Erde längst unter uns leben und wir sie nur noch nicht erkannt haben? Was ist zum Beispiel, wenn sie sich als Socialdemokraten tarnen?

Diese Vorstellung ließ ihm das Haar auf dem Haupte zu Berge stehen, und er dachte sich, daß sie das Geheimnis des Verschwindens der Seleniten unbedingt klären mußten, bevor sie nach Berlin zurückkehrten, um Seiner Majestät Bericht zu erstatten. Es konnte nicht angehen, daß irgendwann die Elite des Deutschen Reiches den Mond kolonisierte, während die gut organisierten Socialdemokraten in der Reichshauptstadt putschten und die Macht ergriffen. Wenn die besten Männer im Auslande sich befanden, um der neuen deutschen Kolonie Structuren zu verleihen, hatten die roten Lumpen auf der Erde freie Hand. Nein, nein, dazu durfte es nicht kommen! Es mußten eindeutige Beweise her, die zeigten, daß eine solche Gefahr nicht bestand! Ohne einen solchen Beweis konnten sie nicht zurückkehren.

Selbstredend konnte Reventlow seine zarte junge Frau über seinen schrecklichen Verdacht nicht informieren, denn er durfte um keinen Preis Panik in ihr erzeugen. Auch Carl konnte er nicht ins Vertrauen ziehen, denn obwohl dieser ihm versichert hatte, daß die Socialdemokraten seiner Meinung nach üble und vaterlandslose Gesellen waren und nicht wert, sich Deutsche zu nennen, konnte er bei einem ungebildeten Menschen wie ihm kaum Verständnis für derlei Speculationen erwarten. Für Carl war es schon unglaublich genug gewesen, mit einem Fahrzeuge wie dem *Excelsior* zum Monde zu fliegen; wenn er nun hörte, daß unser Trabant einst von intelligenten Lebewesen bewohnt gewesen war, würde sich sein schlichter Geist möglicherweise verwirren, und dann stand Reventlow ohne Diener da.

Nachdem sie den Monolithen noch eine Weile betrachtet hatten, wandten sie sich dem Ausgange zu, alle restlichen Geheimnisse zurücklassend, die das riesige Bauwerk vielleicht enthielt, um bis ans Ende der Zeiten Geheimnis zu bleiben. Sie gingen die Treppe hinunter und über den viereckigen Platz, und in der nächsten halben Stunde war Clothilde, die Expeditionsphotographin, damit beschäftigt, Aufnahmen von der Pyramide und ihrer grausigen Umgebung zu machen.

Dann gingen sie wieder zum *Excelsior* zurück.

6. KAPITEL

Sie fanden Carl unter der Glaskuppel, wo er auf und ab ging und mit Blicken um sich schaute, die nicht von besonderer Neugier kündeten. Daß er kein Interesse zeigte, den Grafen und die Gräfin bei ihren Ausflügen zu begleiten, erschien unseren Helden absolut normal, denn sie gingen davon aus, daß der Domestik sich vor dem Mondesvacuum gruselte und nahmen an, daß ihn nichts außer einem Befehl des Grafen hätte bewegen können, auf eine Welt hinauszugehen, auf der kein menschliches Wesen lebte.

Hätten der Graf und seine Gemahlin jedoch gewußt, daß der vermeintlich tumbe Diener Spion einer fremden Macht war und nichts anderes im Sinne hatte, als das hehre Ziel zu sabotieren, den Erdtrabanten für unseren geliebten Kaiser in Besitz zu nehmen, damit aus demselben eine neue Kolonie des Reiches entstand, wäre beiden bedeutend unwohler zumute gewesen.

Doch da sie ahnungslos waren, schweiften Graf Reventlows idealistische Gedanken in gewaltige Fernen, denn er stellte sich vor, wie es hier aussehen würde, wenn erst die begnadeten Architekten der Reichshauptstadt Hand an die Mondeslandschaft legten: Schon sah er breite Prachtstraßen durch die neue Kolonie ziehen, umsäumt von hohen Gebäuden mit griechischen Säulengängen, hinter deren Wänden sich die Elite des Hofes mit der deutschen Wissenschaft traf, um Pläne zu schmieden, die in der Eroberung des restlichen Weltalls gipfelten. Hatte das Reich erst einmal den Mond erobert, war es nur noch eine Frage der Zeit, bis es auch zu den Nachbarplaneten vorstieß.

Mars und Venus lockten! Dank seiner genialen Erfindung war absehbar, daß das Reich in kolonialen Angelegenheiten einen gewaltigen Vorsprung erzielen würde. Die räuberischen Engländer und dekadenten Franzosen hatten das Nachsehen. Ha! Wenn Wilhelms Flagge erst auf dem Monde wehte, war es aus mit ihrer bisherigen kolonialen Macht!

Selbst wenn sie Weltenraumschiffe wie den *Excelsior* hätten bauen können (was Reventlow mit Fug und Recht bezweifelte, da diese Nationen nicht im geringsten über die genialen und technisch begabten Geister verfügten wie die unserige) –, sie hatten dann nicht mehr das Recht, auf anderen Planeten zu landen! Gewiß würde Seine Majestät den Hl. Vater in Rom bewegen können, den Alleinanspruch der Deutschen auf das Weltall schriftlich zu bestätigen – er hatte es schließlich mit der spanischen Krone nach der Entdeckung Amerikas ebenso gethan. Dann mußten sich die Franzosen und Engländer bis ans Ende aller Zeiten mit ihren popeligen Kolonien in Indien und anderswo begnügen, und das Deutschtum würde sich im ganzen Universum ausbreiten. Hurra!

Welch phantastische Vision! Freilich mußte man die neuen Kolonien auf den Planeten vor den räuberischen englischen Piraten schützen. Vielleicht konnte man eine Art interplanetare Polizei gründen. Altgediente Marinesoldaten waren gewiß am besten dazu geeignet. Natürlich mußten sie eine völlig neue Uniform erhalten: Taubenblau, goldene Biesen, silberne Kometen auf den Ärmeln, und dazu schwarze Pickelhauben.

Als der Graf und die Gräfin ihre Atemkostüme abgelegt hatten, stieg der *Excelsior* schnell von der Ebene auf, kreuzte den umgürtenden Wall in einer Höhe von ungefähr hundert Metern und schwebte mit einer Schnelligkeit von etwa fünfzig Kilometern pro Stunde zur Südpolregion. Aus ihrer erhöhten Lage von fast zehntausend Metern konnten sie hinter sich im Nordwesten die ungeheure Ausdehnung des Wolkenmeers wahrnehmen. Hier und da hoben sich glänzende Lichtpunkte und Kuppeln ab, welche die von den Strahlen der aufgehenden Sonne bereits berührten Gipfel und Kraterwände zeigten. Vor ihnen und an beiden Seiten fiel ein ungeheures Gewirr von Kraterkegeln und riesigen Gebirgswänden, welche auch Ebenen einschlossen, so tief ab, daß weder das Licht der Sonne noch das der Erde sie je erreichte.

Reventlow steuerte das Schiff im Zickzack und ließ es über viele der Rundwälle fliegen, die die Sonne theilweise oder ganz beleuchtete.

Nach einer Weile sagte er, indem er auf einen riesenhaften Kreis aus weißem Licht deutete, der einen Abgrund von äußerster Dunkelheit einfaßte: »Da ist das Ringgebirge Newton, das größte Geheimnis des Mondes. Seine inneren Wände sind achttausend Meter hoch; sein Boden, welcher niemals von menschlichen Augen erblickt wurde, befindet sich ungefähr zweitausend Meter unter der Mondesoberfläche. Was meinst du, meine Theure, sollen wir tiefer sinken und nachschauen, ob der Scheinwerfer uns etwas zeigt? Vielleicht gibt es dort unten Luft.«

»Gewiß!« antwortete Clothilde entschieden. »Sind wir nicht hergekommen, um Dinge zu sehen, die sonst noch niemand gesehen hat?«

Reventlow signalisierte dem Maschinenraum; augenblicklich änderte der *Excelsior* seinen Lauf, und nach wenigen Minuten schwebte er, in Sonnenlicht gebadet, wie ein Stern über dem unermeßlichen Abgrund der Finsternis.

Als sie unter das Sonnenlicht hinabsanken, schaltete

Carl innerlich kichernd die Bug- und Heckscheinwerfer ein. In Bälde würde die Gelegenheit da sein, auf die das Zentralkomitee in Moskau sehnsüchtig wartete. Dann würden der adelige Lackaffe und seine Trulla in ihre Atemkostüme steigen, wieder auf den Mond hinaustreten und sich an tausend toten Dingen ergötzen, damit sie sich später in Berlin mit ihren Entdeckungen dicketun konnten. Aber daraus würde selbstverständlich nichts werden, denn er, der gerissene Tscheka-Agent, würde es zu verhindern wissen.

Seiner Meinung nach war der Graf ein Trottel: Er hatte nicht einmal gemerkt, daß der Zwischenfall mit dem finsteren Subjekt, das ihn vor wenigen Wochen in Berlin bedroht hatte, gestellt gewesen war. Er selbst, Carl Napp, hatte den Plan ausgeklügelt, um sich das Vertrauen des Krautjunkers zu erschleichen. Das vermeintliche finstere Subjekt war kein anderer gewesen als Genosse Boris Borissowitsch Borissow, der verdiente Held der Arbeiterklasse. Sie hatten von Anfang an zusammengearbeitet.

Wenn der Graf und seine Trulla den *Excelsior* verließen, um sich in der finsteren Mondeslandschaft umzusehen, würde er, Carl, alle Thüren hinter ihnen schließen und sich die Steuerung vornehmen. Sobald er herausgefunden hatte, wie der *Excelsior* funktionierte, würde er ihn zur Erde fliegen – doch nicht etwa nach Berlin, sondern ans eiskalte Kap Deschnjew, wo der sibirische Winter ihn mit einer dicken Eisschicht überziehen und auf ewig vor den Augen der Welt verbergen würde. Daß es ihm gelang, die Steuerung des *Excelsior* zu bedienen, bezweifelte Carl nicht, denn bevor er bei Schultheiß & Co. gearbeitet hatte, war er bei der Reichsbahn gewesen. Und einem echten Reichsbahner machte auch ein Weltenraumschiff nichts vor.

Carl fragte sich, ob er von seinem Plane abweichen

und hinter dem Adelslumpenpack herschleichen sollte. Er konnte es sicher auch mit der an Bord befindlichen Schrotflinte erledigen. Immerhin bestand die Möglichkeit, daß sie in diesem tiefen Thale Luft zum Atmen fanden, und dann überlebten sie vielleicht. Ja, die Idee war gar nicht so schlecht …

7. KAPITEL

Sie sanken nun langsamer tiefer, bis die beiden langen, dünnen Lichtstreifen nach und nach stärker wurden. Als der *Excelsior* dann sanft aufstieß, bewegten sie sich wie breite Fächer aus gegossenem Licht über eine dunkle, morastige Oberfläche. Hier und da erkannten der Graf und seine Gemahlin Flecken von Moos und Schilfpflanzen, zwischen denen trübe Schimmer stehenden Wassers sichtbar wurden.

»Endlich Wasser und Luft!« sagte er, als sie auf dem Oberdeck zusammentrafen. »Wasser, Luft und ewige Finsternis! Wenn wir überhaupt irgendwo Leben antreffen, dann hier. Wollen wir aussteigen, meine Theure?«

»Gewiß«, antwortete Clothilde. »Dazu sind wir doch hier! Müssen wir das Atemkostüm wieder anziehen?«

»Gewiß«, entgegnete der Graf, »doch obgleich es hier Luft gibt, wissen wir noch nicht, ob man sie atmen kann. Vielleicht besteht sie zur Hälfte aus Kohlendioxid; doch einige Zündhölzer sollen uns gleich darüber Aufschluß geben.«

Nach einer Viertelstunde standen sie wieder auf der Oberfläche des Mondes. Der Graf hatte Carl befohlen, ihnen so weit wie möglich mit dem vorderen Scheinwerfer zu folgen, dessen Licht in der verhältnismäßig dünnen Luft etliche Kilometer weit strahlte, und das that er auch.

Reventlow zündete ein Streichholz an und hielt es vors Gesicht. Es brannte mit einer klaren, unbewegten, gelben Flamme.

»Wo Streichhölzer brennen, können Menschen auch

atmen«, sagte er. »Ich will sehen, wie sich die Mondesluft einatmen läßt.«

»Gott, der Gerechte, Theuerster«, kam die Antwort in flehendem Tone durch den Draht, »sei vorsichtig!«

Der Graf zog den hermetisch verschlossenen Glasschieber, aus welchem die Helmfrontseite bestand, etwa einen halben Zoll hoch. Augenblicklich hatte er das Gefühl, ihm dränge glühendes Eisen durch die Haut.

Er ließ das Visier wieder fallen und hakte es fest. Im nächsten Augenblicke schnappte er nach Luft, dann sagte er: »Die Luft ist nicht gut. Sie ist zu kalt, sie würde das Blut unserer Adern frieren machen. Ich denke, wir thäten besser daran, zurückzukehren und das Thal im Schutze des Schiffes auszuforschen. Wir können in der Finsternis nichts ausrichten, und vom Oberdeck aus können wir mit Hilfe der Scheinwerfer alles ebenso gut betrachten.« Er hielt inne und schaute sich um. »Außerdem«, meinte er dann, »kann das Vorhandensein von Wasser und Luft bedeuten, daß hier noch jemand lebt. Jemand, dem man vielleicht lieber aus dem Wege gehen sollte.«

»Nun denn, das verstehe ich«, sagte Clothilde und blickte sich schaudernd um. »Einem Mondmenschen möchte ich nun doch nicht völlig unvorbereitet entgegentreten.«

Der Graf nahm ihre Hand, und gleich darauf stiegen sie die Leiter zum *Excelsior* hinauf. Sie waren nicht schlecht erstaunt, als sie in der Schleusenkammer Carls ansichtig wurden, der gerade mit einer langläufigen Schrotflinte in der einen und einer Patronenschachtel in der anderen Hand die erste Thür hinter sich schloß.

Als Carl den Grafen und seine Gemahlin erblickte, beteuerte er, es im letzten Augenblick mit der Angst zu thun bekommen und aus diesem Grunde den Waffenschrank seines Herrn geöffnet zu haben, um beiden mit der Schrotflinte den Rücken zu decken, sollten sie von Mondungeheuern angefallen werden.

Der gutmütige Graf dankte dem vermeintlich treuen Diener mit großer Überschwenglichkeit ob dieser klugen Entscheidung und nahm sich vor, sein Monatsgehalt ab dem nächsten Jahr um eine ganze Mark zu erhöhen. Er ahnte freilich nicht, daß der tückische Mordbube nichts anderes im Sinn gehabt hatte, als sich seiner und seiner Gemahlin aus dem Dunkel der Schleusenkammer heraus zu entledigen.

Dann ließ Reventlow den *Excelsior* um etwa hundert Meter steigen, und indem er die Triebkraft einschaltete, flog das Schiff mit stündlich zwölf Kilometer Geschwindigkeit dahin. Sie kreuzten langsam über die große Ebene und ließen die Scheinwerfer in alle Richtungen aufflammen. Man hatte kaum eine Meile zurückgelegt, als der Bugscheinwerfer auf eine Masse fiel, die sich halb gehend und halb kriechend neben einem breiten, stillstehenden Wasser zwischen einigen verkrüppelten, braunbelaubten Gebüschen voran bewegte.

»Sieh nur!« sagte Clothilde, ihres Mannes Arm erfassend. »Ist es ein Gorilla oder ... Nein, es kann *unmöglich* ein Mensch sein.«

Der Scheinwerfer richtete sich voll auf den Gegenstand. Wäre das Geschöpf mit Haaren bedeckt gewesen, hätte man es für eine Affenart halten können, doch seine Haut war glatt und von einem fahlen Grau. Die unteren Gliedmaßen schienen kräftiger zu sein als die oberen; der Brustkorb war außergewöhnlich stark entwickelt, der Leib dagegen klein, der Kopf dick, rund und glatt.

Als sie näher kamen, bemerkten sie, daß das Wesen keine Fingernägel besaß, sondern lange, weiße Fühler, die es fortwährend ausstreckte und rings um sich herum herumbewegte. Es ertastete sich einen Weg zum Wasser. Als das blendende Licht auf das Geschöpf fiel, wandte dieses sein Gesicht dem Schiffe zu. Es hatte Nase und Mund. Die Nase war lang, dick und zeigte riesige, offenbar bewegliche Nasenlöcher, der Mund bildete einen Winkel, wie die Lippen eines Fisches. Von Zähnen sah man nichts. Zu beiden Seiten des höheren Nasentheils befanden sich zwei kleine, eingesunkene Vertiefungen, in welchen die Ahnen des Geschöpfes unzählige Jahrtausende zuvor Augen besessen hatten.

Als Clothilde auf die grausige Karikatur einer Menschengestalt niederblickte, bedeckte sie ihr Gesicht mit den Händen und stieß einen leisen Laut des Entsetzens aus.

»Sieht es nicht schrecklich aus?« fragte Reventlow. »Ich nehme an, dies ist einer der letzten Seleniten. Doch einst waren sie Männer und Frauen wie wir. Wahrscheinlich haben die Vorfahren dieses Geschöpfes schon seit Hunderten von Generationen in Kälte und Finsternis gelebt. Das zeigt, wie außerordentlich zäh sie sind.« Er deutete ins Freie. »Vor Jahrhunderten haben die Ahnen dieses schrecklichen Geschöpfes inmitten von Seen, Flüssen, Feldern und Wäldern gelebt, so wie wir sie auf der Erde haben. Männer und Frauen, die sehen, atmen, das Leben genießen und sich an einer Cultur erfreuen konnten wie wir.«

Er trat näher an die Scheibe. »Schau, das unheimliche Wesen will etwas fischen. Gleich werden wir sehen, wovon es sich ernährt. Ich bin erstaunt, daß der Teich dort nicht gefroren ist. Vermutlich ist noch etwas innere Hitze zurückgeblieben und hat Sammelstellen von Lava gebildet. Vielleicht liegt dieses Thal genau darüber … Deshalb ist es den Geschöpfen vielleicht gelungen, am Leben zu bleiben.«

Er zuckte zusammen. »Ah, da ist noch ein anderes! Es ist kleiner und weniger stark entwickelt … Vermut-

lich ein Weibchen. Oh, wenn ich doch nur wüßte, wie viele Jahrhunderttausende nötig sind, bis *unsere* Nachkommen auf diesen Standpunkt gesunken sind!«

»Ich hoffe«, rief Clothilde aus, deren Neugier schon dem Grausen Platz gemacht hatte, »unsere gute, alte Erde wird lieber mit irgend etwas zusammenstoßen und in Atome auseinandergehen, bevor sich das ereignet!«

Das größere der Geschöpfe hatte sich auf seinem Wege zum Rande des trägen Gewässers fortgetastet und fiel bzw. ließ sich langsam in dasselbe hineinrollen. Es war dem Anschein nach ganz oder fast kaltblütig, denn kein warmblütiges Geschöpf hätte der eisigen Kälte widerstanden. Jetzt fiel das andere auch in den Teich hinein, und die beiden verschwanden für einige Minuten. Dann machte sich plötzlich eine heftige Bewegung in dem Gewässer bemerkbar – einige Meter vom Ufer entfernt. Die beiden Geschöpfe tauchten wieder auf, das eine hatte einen zappelnden, aalähnlichen Fisch im Munde.

Beide ertasteten sich den Weg ans Ufer. Sie hatten es gerade erreicht und zogen sich hinauf, als sich ein grauenhaftes Untier hinter ihnen aus dem Wasser erhob. Es sah aus wie das Haupt eines Tintenfisches auf dem Körper einer Boa Constrictor, bloß hatte dieser dieselbe abschreckende, fahlgraue Farbe wie die beiden andern Geschöpfe. Auch das Ungeheuer schien blind zu sein – es bemerkte nicht einmal das gleißende Licht des Scheinwerfers.

Dennoch zuckte es rasch auf die beiden strampelnden Gestalten zu und fuhr dabei seine langen, weißen Fühler in alle Richtungen aus. Bald berührte ein Fühler das kleinere der Geschöpfe. Sofort zuckten die übrigen Fühler hoch und umklammerten es. Nach einem kaum bemerkbarem Kampfe wurde das Wesen unter das Wasser gezogen und verschwand.

Clothilde stieß einen leisen Schrei aus und bedeckte erneut ihr Gesicht.

»Auch hier der Kampf ums Dasein«, sagte Reventlow betrübt. »Auch hier tötet ein Leben das andere. Sogar auf einer sterbenden Welt – einer Welt, die an und für sich schon mehr als halbtot ist! Nun, ich glaube, wir haben genug von diesem Orte gesehen. Ich nehme an, die Bekanntschaft mit den Seleniten genügt vollkommen. Ich werde Seiner Majestät berichten, daß wir mit keinerlei nennenswertem Widerstand zu rechnen haben, wenn wir den Mond in Besitz nehmen.« Er runzelte die Stirn. »Was die Teichkrake angeht, so bin ich zuversichtlich, daß sie nicht sehr mobil ist. Unsere schweren Mörser werden sich um sie kümmern. – Ich bin dafür, daß wir jetzt aufbrechen und erforschen, wie es auf der erdabgewandten Halbkugel aussieht.«

»Auch ich habe genug von dieser Seite«, sagte Clothilde und blickte von der Scene des gräßlichen Kampfes fort. »Je eher, desto lieber.«

Einige Minuten später erhob sich der *Excelsior* wieder den Sternen entgegen, doch seine Scheinwerfer leuchteten nochmals in das Thal des sterbenden Lebens hinab, das weit schlimmer erschien als das Thal des Todes. Als Reventlow den Strahlen mit einem stark vergrößernden Fernrohr folgte, schien ihm, als sähe er riesige, undeutliche Gestalten, die sich durch das verkrüppelte Gesträuch und die schlammigen Pfützen der stillstehenden Flüsse bewegten.

Einige Male glaubte er sogar die Ruinen von Städten zu erblicken, aber die Dunkelheit wurde bald zu tief, so daß die Scheinwerfer sie nicht mehr durchdringen konnten, und er war froh, als der *Excelsior* sich wieder dem glänzenden Sonnenlicht zuwandte. Selbst die gräßliche Wildnis der Mondeslandschaft war ihm nach den namenlosen Gespenstern des scheußlichen Abgrundes willkommen.

8. KAPITEL

Nach einer Fahrt von mehreren Stunden deutete Reventlow auf einen verhältnismäßig kleinen, doch tiefen Krater.

»Das ist der Krater Malapert. – Und dort...« – fuhr er fort und deutete nach oben – »ist der Horizont der Halbkugel, die außer uns und Carl noch kein Menschenauge erblickt hat.«

»Ich bin überwältigt!« rief Clothilde aus.

»Und ich erst!« sagte eine Stimme hinter ihr.

Graf Reventlow und seine Gemahlin blickten sich verblüfft um, denn daß Carl ungefragt Kommentare abgab, hatten sie noch nie erlebt. Doch als sie seiner ansichtig wurden, durchfuhr sie ein noch größerer Schock.

Der angeblich brave Domestik hatte sich umgekleidet: Er trug nun eine senffarbene Offiziersuniform mit goldenen Epauletten und roten Biesen sowie schwarze Reitstiefel und eine Schirmmütze. In seinem rechten Mundwinkel hing eine Cigarette, die das gebildete Auge des Grafen sofort als russische Papyrossi erkannte. Doch das Allerschlimmste war der stahlblau schimmernde Lauf einer Pistole, die genau auf Reventlows Bauch zielte.

»Carl!« rief Clothilde verblüfft aus. »Was hat das zu bedeuten?«

»Ja!« fügte auch ihr Gemahl hinzu. »Was soll dieser Firlefanz? Hast du etwa den Verstand verloren?«

»Ha! Ha! Ha!« lachte der vermeintliche Domestik und trat die Papyrossi respektlos auf dem Boden des *Excelsior* aus. »Es hat sich ausgecarlt, ihr adeliges Kroppzeug! Ich bin nicht der dumme August, den ihr in mir zu erblicken glaubt! Ich bin Agent der Komintern.«

»Der *Komintern?*« fragte Clothilde und warf ihrem Gatten einen fragenden Blick zu. »Was ist denn das?«

»Eine ungebildete adelige Schlampe wie tausend andere!« lachte Carl voller Häme. Und dann brach es wie ein Strom aus ihm hervor: »Zu nichts seid ihr nütze! Ihr könnt nur Kaffeekränzchen abhalten und euren Krautjunkern Stammhalter gebären! Na, das wird sich nach der Revolution alles ändern! Wir schicken euch auf die Kolchose, damit ihr mal lernt, was Arbeit ist! Und eure Macker kommen in den Steinbruch!«

»Wie? Was?« fragte Reventlow und trat zurück. Nun, da Carl die Maske hatte fallen lassen, ging ihm ein Kronleuchter auf. Er schenkte seiner Clothilde einen warnenden Blick und rief: »Er ist ein Spion der Roten, meine Theure! Sie haben uns unterwandert!«

»Ha! Ha! Ha!« lachte Carl. »Hiermit nehme ich den *Excelsior* für die ruhmreiche Sowjetunion in Besitz und taufe ihn neu auf den Namen *Carl Marx!*«

»Carl!« rief Clothilde und warf entsetzt die Arme in die Luft. »Was ist in dich gefahren? Hast du etwa heimlich die Versammlungen der Socialdemokraten besucht?«

»Socialdemokraten?« sagte Carl. »Pah! Mit diesem Revisionistenpack habe ich schon lange nichts mehr zu thun! Mein Führer ist der Genosse Wladimir Iljitsch Lenin in Moskau!«

»Carl!« stieß Clothilde mit großen Augen aus. »Du weißt nicht, was du redest!«

Carl maß die zarte Adelige mit einem verächtlichen Blick, dann schaute er völlig ungeniert auf ihren züchtig verhüllten, sich aufgeregt hebenden und senkenden Busen. Da trat ein dämonischer Ausdruck in seine Augen, der Graf Reventlow das Schlimmste ahnen ließ.

Carl richtete seine Pistole auf Clothilde und stieß mit heiser-gieriger Stimme hervor: »Bevor ich euch im Namen der proletarischen Weltrevolution auf dem Monde aussetze und mit dem *Carl Marx* in die Sowjetunion fliege, will ich noch ein Späßchen haben!« Er deutete auf die Gemahlin des Grafen und zischte: »Zieh dich aus, Trulla!«

»Carl!« hauchte Clothilde. Ihr feines Gesicht überzog sich mit einem Hauch von feuriger Röte, und sie schnappte schockiert nach Luft.

Reventlows Halsschlagader trommelte, als ihm einsichtig wurde, daß er der Pistole dieses Halunken nichts entgegenzusetzen vermochte. Nun war er da, der Tag, vor dem er sich seit Unzeiten fürchtete: der Tag, an dem der rote Pöbel die Herrschaft antrat und in blinder Zerstörungswut alles vernichtete, was der gebildete Geist des Volkes der Dichter und Denker entwickelt und aufgebaut hatte. Nun drohte ihnen die Herrschaft der Neidhammel und Habenichtse.

Reventlow hatte schon immer geahnt, daß sich die Socialisten, sollten sie je die Macht erringen, zuerst auf die schönen Töchter des Adels stürzen würden. An ihnen wollten sie ihren völlig grundlosen Haß auf die Reichen austoben; ihre Frauen und Töchter würden die ersten Opfer ihrer blindwütigen Raserei sein.

Er mußte diesen verkommenen Kretin so lange wie möglich hinhalten und ablenken, um ihn dann auszuschalten …

»Tu, was er sagt, meine Theure«, sagte Graf Reventlow und zwinkerte seiner jungen Gemahlin heimlich zu – in der Hoffnung, daß sie seinen Plan verstand.

»Aber, Oscar!« Clothilde schaute ihn entsetzt an.

»Carl hat eine Pistole«, fügte Reventlow hinzu. »Ich bitte dich, dies nicht zu übersehen …«

»*Hauptmann* Carl, wenn ich bitten darf!« sagte der communistische Spion und lachte roh.

Bei der Vorstellung, sich vor dem ungeschlachten Kerl zu entblößen, errötete Clothilde bis unter die Haarwurzeln, doch da die vornehme Frau Angst vor dem Tode hatte, kam sie der Anweisung ihres Gatten nach. Sie zog sich das Kleid über das Haupt und ließ es zu Boden sinken. Dann stand sie in Spitzenhemdchen, Schlüpfer, Seidenstrümpfen und Schuhen da und präsentierte sich den Blicken des communistischen Wüstlings und ihres Gatten, der sie ebenfalls noch nie in einem solch intimen Aufzuge gesehen hatte.

Als Clothilde spürte, daß die Blicke des geilen Communisten die Rundungen ihres fraulichen Leibes abtasteten, fühlte sie sich wie jene Frauen, die in den Etablissements an der Berliner Friedrichstraße den Männern gegen Geld zu Willen sind. Sie errötete heftig und empfand einen starken Anfall von Scham, wie ihn nur eine anständige Frau deutschen Geblüts zu spüren in der Lage ist.

»Welch tolle *Titten!*« sagte Carl enthusiastisch und fraß Clothildens Busen beinahe mit den Blicken auf. »Und erst dieser *Arsch!*«

Reventlow mußte all seine Kräfte aufbieten, um sich nicht durch ein Zornesschnauben zu verraten. Er hatte keine andere Wahl: Um Carl von seiner Gemahlin abzulenken, mußte er sein Fähnchen in den Wind hängen und ihn in ein Gespräch verwickeln. Und so sagte er, wobei ihm schon bei dem Gedanken übel wurde, diesen widerlichen Verräter und Unhold zu siezen:

»Es wird Sie vielleicht interessieren, Herr Hauptmann, daß wir in einem der Bauwerke auf dem Monde einen Fund gemacht haben, der den Ersten Sekretär Ihrer Partei gewiß interessieren wird… Wir sind die einzigen, die den Beweis führen können, daß sich der Socialismus nicht nur auf Erden entwickelt hat…«

Und Reventlow hub an, dem Agenten des Bösen von ihrer Entdeckung zu berichten: daß die Martier vermutlich längst im Arbeiter- und Bauernparadiese lebten; daß es deutliche Spuren des Socialismus im All gab, und daß es dem Herrn Hauptmann und seiner Parteicarriere gewiß dienlich sei, all diese Beweise mit nach Moskau zu nehmen. Und indem er sich innerlich vor Ekel über diesen seinen Opportunismus schüttelte, log er dem communistischen Spion vor, seit längerer Zeit selbst mit dem Werke von Carl Marx zu sympathisieren. Zudem habe er reichlich, wenn auch anonym, für die Rote Arbeiterhilfe gespendet und besäße alle maßgeblichen Schriften des großartigen Philosophen Wladimir Iljitsch Lenin – unter anderem sein geniales Werk *Was thun?* und die von der Bourgeoisie vielgeschmähten Titel *Materialismus und Empiriokritizismus* und *Der Imperialismus als höchstes Stadium des Capitalismus.*

Doch zu seinem Schrecken lauschte Carl ihm nicht einmal mit halbem Ohr: Der Anblick der sich schamhaft windenden Clothilde schien ihn in eine völlig andere Sphäre der Existenz versetzt zu haben.

Als Reventlow dies bemerkte, sah er auch eine deutliche Chance, sich des Agenten zu entledigen. Er nickte seiner Frau heimlich mit dem Kopfe zu und formte mit den Lippen den stummen Satz, sie solle sich noch eines weiteren Stückes ihrer Kleidung entledigen. Als Clothilde mit feuerrotem Kopfe anfing, an ihrem Spitzenhemdchen zu nesteln und dem tückischen Carl den Ansatz ihrer mit rosigen Wärzchen gekrönten Brüste zeigte, that der Graf einen Satz nach vorn, trat seinem Widersacher dorthin, wo es ganz besonders schmerzt, schlug ihm die Waffe aus der Hand und rang ihn zu Boden.

Sekunden später bildeten die beiden ein sich am Boden des *Excelsior* windendes Knäuel aus Armen und Beinen. Eine ihrer wild rudernden Hände packte versehentlich Clothildens seidenbestrumpftes Bein, zerrte an dem dünnen Stoff und zerriß ihn. Clothilde verlor die Balance und fiel auf die Männer, die sich an den Hälsen ergriffen und einander zu erdrosseln sich bemühten.

Um ihrem Gatten zu helfen, schlug sie mit ihren Fäustchen auf den widerlichen Lumpen ein, der sie gezwungen hatte, sich seinen Blicken auszusetzen, bis ihm das Blut aus der Nase schoß und er gurgelnd um Gnade flehte. Doch Graf Reventlow, dessen angestaute Wut keinesfalls bereit war zu erkalten, gab nicht auf. Er drosch auf Carls tückische Augen ein, bis diese blau wurden und anschwollen, und auf seine Vorderzähne, bis dieselben brachen und auf die Decksplanken des *Excelsior* fielen.

Erst als der Verräter die Besinnung verloren hatte, stand Graf Reventlow auf, entledigte sich seines Jacketts und hängte es seiner gedemütigten Gemahlin ritterlich um die Schultern.

»Das hast du nun davon, du Hundsfott«, sagte er zu dem ohnmächtigen communistischen Lümmel. »Die Gemahlin eines Reventlow entehrt man nicht!«

»Was machen wir mit ihm?« fragte Clothilde, nachdem sie Carl mit Hilfe der für alle Fälle mitgeführten Handschellen gefesselt und an die eisernen Sprossen einer Leiter befestigt hatten. »Nehmen wir ihn mit nach Berlin und übergeben ihn der Polizei?«

»Um Gottes willen!« sagte Reventlow erbleichend. »Dann müßten wir doch eine Aussage machen! Die Presse wird sich auf uns stürzen! Sollen die Damen deines Kaffeekränzchens erfahren, daß dieser Hundesohn dich fast *nackt* gesehen hat?«

»O Gott, nein!« Clothilde errötete von neuem und fiel bei der Vorstellung beinahe in Ohnmacht.

»Ich schlage vor«, fuhr Reventlow fort, »wir setzen ihn hier auf dem Monde aus, so, wie man es seit altersher mit Meuterern thut! Soll er doch die degenerierten Seleniten mit der Lehre des Socialismus agitieren!«

»Ja! Ja!« rief Clothilde aus, denn die Vorstellung, man könne in Berlin erfahren, daß sie in ihrer intimsten Wäsche vor einem communistischen Agenten gestanden hatte, jagte ihr grauenhafte Angst und namenlosen Schrecken ein. »Weg mit ihm! Als Communist ist er kein Mensch, also kann er auch nicht unter denselben leben! Hier bei den Ungeheuern auf dem Monde ist er bestens aufgehoben!«

Als der Halunke wieder zu sich kam, war er zunächst verwirrt, doch dann fing er sich, pries lauthals die Ideen des Marxismus-Leninismus und sang, um zu beweisen, daß sein Geist ungebrochen war, mit lauter Stimme die *Internationale.*

Dann verlangte er losgebunden zu werden und drohte der jungen Gemahlin des Grafen an, sie werde bei Zuwiderhandeln nach der Revolution ein Bordell der ruhmreichen Roten Armee am Kaukasus von innen kennenlernen. Clothilde erschauerte, ließ sich aber nicht erweichen. Dann nannte der tückische Agent den Grafen einen Wüstling und erinnerte ihn an das Etablissement, vor dem sie einander kennengelernt hatten. Als er drohte, ihn bei Clothilde zu verpetzen, stopfte Reventlow ihm kurzerhand einen von Maschinenöl triefenden Lappen in den Mund – mit dem Ergebnis, daß Carl heulend und winselnd um Gnade bat.

Doch unser adeliges Heldenpaar zeigte keine Gnade. Nun, der Aussicht entgegenblickend, unliebsame Enthüllungen über sich verbreitet zu sehen, stand fest, daß der Lump nicht überleben durfte: Er hätte sie mit seinem Wissen bis in alle Ewigkeit erpressen können. Also stieß man ihn in einem öden und tiefen Thale, in welchselbigem die dünne Luft bescheiden atembar war, gemeinsam mit einem festen Tritt in den Hintern zur Schleuse hinaus, überließ ihn seinem Schicksal, das uns fortan nicht mehr zu interessieren braucht, und setzte den Flug über die karge lunare Landschaft fort.

Trotz aller scharfsinnigen Betrachtungen, die sie angestellt hatten, stellte sich heraus, daß jene Mondhalbkugel, die seit Urzeiten von der Erde abgewandt, der anderen fast völlig glich. Ein Großteil der Fläche wurde bereits prächtig von der Sonne beleuchtet; die Landschaft, die sich ihren Blicken darbot, zeigte riesige Gruppen gewaltiger Krater, gezackte Berge, lange, unregelmäßige Gebirgsketten mit scharfen, zersplitterten Kämmen und Gipfeln, und dazwischen ungeheure Flächen von Tiefebenen, die von blendendem Weiß bis zu Graubraun die Betten der ehemaligen Mondoceane bildeten.

Als sie sich über einem der letzteren befanden, ließ Reventlow den *Excelsior* auf etwa tausend Meter sinken. Dann überblickten er und Clothilde es vermittelst ihrer Teleskope. Die Untersuchung wurde von etwas belohnt, das sie in den Seebetten der anderen Halbkugel nicht gesehen hatten. Die anderen Mondoceane waren zwar ungefähr tausend Meter tiefer als die hiesigen, doch die Sonnenstrahlen brannten hier voll in sie hinein, und die Abhänge waren an verschiedenen Erhebungen punktiert. Die Beobachter unterschieden kleine Flecken, die anders als die allgemeine Oberfläche wirkte.

»Ich möchte wissen, ob es Reste von Städten sind«, sagte Clothilde. »Wäre es möglich, daß die Seleniten ihre Städte an den Oceanen entlang bauten und ihre Nachkommen dem Wasser gefolgt sind, als es zurückwich? Ich meine, als es verdunstete oder sich in die Mitte konzentrierte?«

»Sehr wahrscheinlich, meine Theure«, sagte der Graf. »Gehen wir doch tiefer und sehen es uns an.«

Er hemmte die Triebkraft ein wenig, und der *Excel-*

sior flog schräg zu dem Bette hin, das vielleicht einst der Stille Ocean des Mondes gewesen war. Als sie ungefähr tausend Meter von der Oberfläche entfernt waren, wurde klar, daß Clothilde mit ihrer Annahme recht hatte: Das riesige Meeresbecken wimmelte geradezu von den Ruinen jener Städte und Dörfer, die einst eine zahllose Reihe von Selenitengenerationen bewohnt hatte – vielleicht zu einer Zeit, in der die Erde mit unserem geliebten Deutschland noch eine glühende, von Dämpfen umgebene Masse gewesen war.

Je näher sie kamen, desto deutlicher wurden die Häuser, bis sie in der untersten Tiefe eine Anzahl niedriger, viereckiger Gebäude gewahrten. Aber da, wo ehemals die See gewesen war, war nun nur eine von grauem Sand und braunem Fels bedeckte Mulde zurückgeblieben. Hier sank der *Excelsior* hinab und berührte laut Plan letztmalig den Boden des Erdtrabanten.

Die Straßen der Stadt, die sie besuchten, waren ebenso wie das Quadrat des großen Tempels Tycho mit vielen tausend Gebeinen übersät. Weder hier noch anderswo sah man eine sonstige Spur der alten Seleniten, noch Aufzeichnungen irgendwelcher Art – weder Schnitz- noch Bildhauerwerk.

In der großen Pyramide der Stadt Tycho hatten sie immerhin etwas gefunden – einen Monolithen mit Gravuren von Künstlerhand. Anderswo hätten sie vielleicht von älteren Rassen erbaute Städte gefunden, die sich mit den Schöpfungen der Ägypter und Babylonier messen konnten, aber ihre Zeit lief ab. Alles, was sie von der toten Stadt erblickten, konnte sie nur betrüben und verstimmen. Nun lagen die unbereisten Regionen des Weltenraums vor ihnen – mit lebenden Welten bevölkert, die ihrer eigenen verwandter waren, und die rote Scheibe des Mars glühte im Zenith zwischen den diamantweißen Gruppen, die den schwarzen Himmel dahinter wie mit Edelsteinen einfaßten.

Millionen und Abermillionen von Kilometern mußten noch zurückgelegt werden, ehe sie seine Oberfläche betreten konnten, und nach einem letzten Blicke auf das sie umgebende Thal des Todes drehte Reventlow die Triebkraft nach oben ganz auf, und der *Excelsior* schoß in einer geraden Linie aufwärts, seinem neuen Ziele entgegen.

Die unbekannte Halbkugel breitete sich in einer ungeheuren Ebene unter ihnen aus, die flammende Sonne stieg auf ihrer linken Seite auf, der glänzende silberne Himmelskörper der Erde auf ihrer Rechten, und so, voller Bewunderung, doch ohne Bedauern, nahmen sie von der grausigen Todeswelt des Mondes Abschied und flogen dem Mars entgegen.

Und während Wladimir Iljitsch Lenin und seine schlitzäugigen Spießgesellen in einem nikotinverräucherten Kremlzimmer schon einen neuen Plan schmiedeten, um die Expedition des *Excelsior* zu sabotieren, fiel der Blick des Grafen unverhofft auf seine leicht bekleidete Gemahlin, und er dachte still bei sich: *Welch tolle Titten! Und erst dieser Arsch …*

9. KAPITEL

Nachdem Reventlow sich des verkappten Tschekisten mit einem festen deutschen Fußtritte entledigt und selbigen in die lunare Ödnis hinausgeworfen hatte, kreuzte der *Excelsior* munter weiter durch das Vacuum – auf dem Wege zum Planeten Mars und dessen mysteriösen Kanälen, von denen der italienische Astronom Schiaparelli im Jahre 1877 vermeldet hatte, sie seien die Lebensadern jener Welt.

Die Zeit, die noch vergehen mußte, ehe sie den Fuß auf den besagten Planeten setzen konnten, vertrieb sich der Graf, da auf dem *Excelsior* ja alles automatisch vonstatten ging, mit der Lektüre guter Bücher aus seiner Privatbibliothek, die er mit auf die Reise genommen hatte.

Als Rittmeister a. D. Ulanen ergötzte er sich gern an den Heldenthaten unserer Feldgrauen im Großen Kriege, an dem er selbst die Ehre gehabt hatte theilzunehmen. Das Herz lachte ihm im Leibe, als er in dem von Generalmaj. a. D. Friedrich Freiherr v. Dincklage-Campe herausgegebenen Erlebnisbuch *Wie wir unser Eisern Kreuz erwarben* las, wie unsere tapfere Reichswehr es dem Russenpack gezeigt hatte, doch schätzte er auch die im Verlage Julius Beltz (Langensalza) erschienene und vom stv. Generalkommando des XI. Armeekorps sowie diversen preußischen Regierungen zur Bekämpfung der Schundliteratur empfohlene Schriftenreihe ›Deutsche Kriegs-Bücher für die Schuljugend‹, die unter Federführung der kaisertreuen Freien Lehrervereinigung für Kunstpflege e.V. in Berlin entstanden war. Und er freute sich über alle Maßen, als er die Titel dieser feinen Broschüren (jedes Heft 30 Pfg.) las: *Der Krieg im Westen, Der Krieg im Osten, Der Krieg auf dem Meere, Der Krieg in der Luft, Von den Kämpfen in Russisch-Polen, Von Ostpreußens Not und Befreiung, Mit Automobil und Fahrrad durch den Krieg, Vom Kriege in Galizien* und *Aus meinem Kriegstagebuche.*

Letzterer Titel inspirierte Reventlow auch dazu, nun endlich seine eigenen Memoiren in Angriff zu nehmen, denn sie paßten seiner Meinung nach geradezu vorbildlich in das Programm des Verlages Enßlin & Laiblin (Württemberg), und zwar in die besonders für die deutsche Jugend geeignete 10-Pfg.-Heftreihe ›Feinde ringsum!‹, in der viele bildende Erzählungen aus dem Großen Kriege von 14/18 publiciert worden waren[3].

Doch bevor er sich die Freiheit nehmen konnte, seine famosen Erinnerungen an die Schlachten zu Papier zu bringen, die er und seine wackeren Ulanen in Ostpreußen geschlagen hatten, galt es, das Logbuch des *Excelsior* auf den neuesten Stand zu bringen. Und so nahm er in einer stillen Stunde, als Clothilde andächtig in den von der begnadeten deutschen Dichterin Nataly von Eschstruth verfaßten Roman *Die Gänseliesel* versunken war, im Salon Papier und Feder zur Hand und legte in prägnanten Worten alles nieder, was ihm und seiner auch in der Seele adeligen Gattin seit dem Aufbruch des *Excelsior* von seinem Jagdschlößchen im Brandenburgischen widerfahren war.

Er beschrieb die Landung auf dem Monde; die Expedition in den Krater Tycho; die ausgestorbene Stadt in demselben; die mysteriösen Knochen, die bei der geringsten Berührung zu Staub zerfallen waren; den

[3] z. B. *Unter Russenhorden* (Bd. 9) von M. Felchner, *Der tapfere Prinz von Waldeck* (Bd. 10) von P. Schaumburg; *Die Helden von Przemysl,* (Bd. 19) von J. Götz, *Deutsche Vergeltung,* (Bd. 44) von H. Binder und *Der Russentöter* (Bd. 50) von Hch. Tiaden.

schwarzen Monolithen im Inneren des Tempels; seine und Clothildens Theorien über die Möglichkeit der Existenz eines durch den Weltenraum fahrenden Volkes von Handelsschiffern. Er streifte kurz Clothildens horrible Vorstellung von der Machtergreifung selenitischer Socialdemokraten auf dem öden Monde und schilderte dann die widerliche Selbstentlarvung Carls als Agent der noch widerlicheren Komintern.

Als Reventlow hier angekommen war, fand er sich unverhofft in der Situation wieder, in der ein jeder sich befindet, der die Geschichte seines Lebens schriftlich niederlegen will: War es wirklich nötig, die *ganze* Wahrheit zu sagen? Sein Federhalter sträubte sich plötzlich, jene Enthüllungen zu schildern, die der Entlarvung des communistischen Agenten gefolgt waren: die erzwungene Enthüllung seiner jungen und ansehnlichen Gattin, die sich dem Verbrecher in ihrer intimsten Wäsche hatte präsentieren müssen.

Bei der Erinnerung daran fiel der Blick des Grafen auf die nun wieder züchtig bekleidete Gestalt seiner Gemahlin. Ein stummer Seufzer formte sich in seiner Kehle, als er sich zum ersten Male in seinem sechsunddreißig Jahre alten Leben als Offz. d. Res. fragte, ob das ihr am Verlobungstage gegebene Versprechen – nämlich ihre ehelichen Pflichten erst dann einzufordern, wenn sie sich reif genug wähnte, seinem Hause den Erben zu gebären – nicht etwas voreilig aus seinem Munde gekommen war.

Wenn er ehrlich mit sich war, mußte er zugeben, daß die Gefühle, die der Anblick ihres herzallerliebst anzusehenden Hemdhöschen in ihm (und vermutlich auch in dem roten Schuft) erzeugt hatte, durchaus mit jenen vergleichbar war, die ihn beschlichen, wenn er mit seinen alten Korpskameraden zwecks Allotria und dergleichen vierteljährlich unter Vortäuschung geschäftlicher Sachverhalte in die Reichshauptstadt fuhr, um sich in gewissen Etablissements zu verlustieren. Natürlich war der seelische Adel der dortselbst in gewagter französischer Spitze thätigen Damen nicht mit der seiner geliebten Clothilde zu vergleichen. Doch der seelische Adel, an denen es diesen Damen mangelte, machten die Sauereien, zu denen sie für Bares bereit waren, glücklicherweise allemal wett.

»Ist dir etwas, mein Theurer?«

Reventlow fuhr unwillkürlich zusammen, als die glockenhelle Stimme seiner Gattin an sein Ohr drang, und er stotterte schnell: »Ja ... äh ... Nein ... O nein. Ich sinniere gerade nur, wie ich am besten ...« Dann schüttelte er den Kopf, schalt sich einen Toren, kreuzte schnell Zeige- und Mittelfinger der Linken und fuhr fort: »Ich formuliere einen Eintrag für das Logbuch des *Excelsior,* meine Theure, doch als Soldat – so muß ich leider gestehen, ho, ho! – bin ich im Umgang mit unserer geliebten deutschen Muttersprache nicht so firm wie du, die ja ein Lyzeum besucht hat.«

»Oh«, sagte seine Gattin erfreut, denn sie war an Lob aus Soldatenmund nicht sonderlich gewöhnt, »wenn du Schwierigkeiten mit der Orthographie hast, frage mich nur. Du weißt doch: Deutsch war neben Sticken und Nähen schon immer mein Lieblingsfach.«

Reventlow bedankte sich höflich bei seinem unschuldigen Weibe und schämte sich seiner lüsternen Gedanken, von denen die Gute ja nicht die geringste Ahnung hatte. Wie hätte er ihr auch beibringen sollen, daß der Anblick ihrer drallen Schenkel und ihres nur von dünner Hemdchenseide verhüllten Busens ein ungeahntes Feuer in ihm entfacht hatte, das zu ersticken er sich bemühte, indem er vorgab, das Logbuch zu führen?

Als sein Blick auf die fast jungfräuliche Seite der vor ihm aufgeschlagenen Logbuch-Kladde fiel, sah er zu seinem Schreck, daß er sie in Gedanken mit einer

Zeichnung versehen hatte, die speziell Obersekundanern einfiel, die sich auf den Pissoirs von Gymnasien die Zeit vertrieben. Bildchen dieser Art analysierte man gelegentlich auch in den Artikeln der *Illustrirten Criminal-Zeitung* aus dem E. A. Christians Verlag (Hamburg) – und zwar als abschreckende Beispiele des verkorksten Seelenlebens socialethisch verwirrter Jugendlicher.

Rot bis unter die Haarwurzeln nahm Reventlow sogleich seinen Federhalter und übermalte rasch den breitbeinig daliegenden Unterleib des mondänen Frauenzimmers, und um sich von den peinigenden Gedanken an die straffen Bollen seiner entzückenden Gattin abzulenken, griff er zu einer Ausgabe des Witzblattes *Der fidele Landsturm,* das er in einem Potsdamer Tabakladen erstanden hatte. Doch die ›heiteren Landsturm- und Schützengraben-Schnurren‹, die das nur unter dem Ladentisch erhältliche Blatt versprach, publizierte zu seinem Erschrecken weniger Zoten aus dem Schützengraben als solche von den Schlachtfeldern Pariser Bordelle, so daß er beschloß, lieber etwas für sein leibliches Wohl zu tun.

Um sicherzustellen, daß seine wohlgerundete Gattin aus seinem Blickfelde und somit aus seinem Sinne wich, verlangte er nach einer Mahlzeit, die Clothilde sich zuzubereiten sofort erbot. Doch als sie aus der Kombüse des *Excelsior* zurückkehrte und ihm ein Justus-von-Liebig-Süppchen und zwei Scheiben Brot kredenzte, da die vollautomatische Bordküche ihren Worte zufolge nicht funktionierte (Carl hatte offenbar nicht nur den Zündschlüssel derselben, sondern auch den für die Vorratskammerthür in seine Hosentasche gesteckt), fragte sich Reventlow, ob es nicht ein Fehler gewesen war, den Hundsfott nach Art ehrlicher deutscher Seefahrer auf dem Monde auszusetzen.

Nun hatte er zwar nichts gegen ein gelegentliches

Justus-von-Liebig-Süppchen einzuwenden, solange man es als Vorspeise servierte, doch verspürte er inzwischen thatsächlich jenen Bärenhunger, der für Rittmeister a.D. typisch ist, und so mußte er erneut mit seinem Schicksale hadern und sich fragen, ob es nicht besser gewesen wäre, einen verläßlichen Koch mit auf die Reise zu nehmen. Zum Mars war es weit! Und als er berechnete, wie lange erst die Rückfahrt nach Deutschland ausfallen würde, kam er schnell zu dem Resultat, daß er diese Zeit mit Justus-von-Liebig-Süppchen und Brotscheiben allein nicht überdauern konnte.

»Sacré, fichu, maudit!« fluchte der Graf, als sein Magenknurren leicht abgeebbt war. »Vielleicht hat der Lump den Schlüssel in seiner Kabine verborgen. Ich werde sofort nachsehen!«

Er eilte gewandt in den unteren Theil des *Excelsior*, und als er in der Kabine stand, die er dem verräterischen Lumpen großmütig zur Verfügung gestellt hatte, wanderte sein Blick langsam über Carls Hängematte und fiel dann auf die Seemannskiste desselben.

10. KAPITEL

Der Graf wußte zwar nicht im geringsten, was er erwartet hatte, doch nachdem es ihm gelungen war, die Scharniere der Seemannskiste mit Hilfe eines Solinger Hammers und eines aus dem gleichen Orte stammenden Meißels aufzustemmen und den Deckel derselben anzuheben, traf ihn ein Schock.

Statt der Dinge, die man der Kiste eines braven Arbeitsmannes erwarten kann[4], stieß er auf mehrere in Packpapier eingeschlagene, in *rotes* Leinen gebundene Bücher, wie man sie normalerweise nur in den Haushalten des Adels und des bessergestellten Bürgerthums findet. Doch Ach und Weh, wie schlimm wurde erst sein Erschrecken, als er sie ihrer Schutzumschläge entkleidet hatte und der Titel ansichtig wurde, mit denen der ehemalige Bierkutscher der Brauerei Schultheiß & Co. sich den Feierabend versüßte.

Statt der Abenteuer- und Kriegsliteratur, mit der der patriotische Verleger das Volk unterhielt, damit es nicht auf die Idee kam, sich in den Centralen der von den Socialdemokraten und Communisten dominierten Gewerkschaftsbünde herumzutreiben, stieß der Graf auf die gesammelten Werke des faulen Taugenichts

---

[4] z. B. baumwollene Unterhosen, karierte Oberhemden, Kattunhosen zum Wechseln, Taschentücher und leichte Lektüre für die Stunden nach Arbeitsschluß (etwa ein Stäpelchen unterhaltsamer Lieferungsromane mit bunten Umschlägen, wie sie der breiten Masse auf der Hintertreppe von Colporteuren für einen lumpigen Groschen angeboten wurden).

Carl Marx und dessen geisteskranken Busenfreundes, des Barmer *Fabrikanten*sohnes Friedrich Engels!

Reventlow gingen die Augen über, als er die Bücher sah, die es nicht müde wurden, die schrecklichsten Lügen und Ammenmärchen über den deutschen Fabrikanten zu verbreiten. Doch war dies längst nicht alles! Kaum hatte er den Schreck überwunden, als er auch schon auf Dinge stieß, die ihn zwangen, seine Ansichten über den einfältigen Carl zu revidieren. Bisher hatte er nämlich geglaubt, derselbe sei von der Hetze der Socialdemokraten und Communisten zur Rebellion verführt worden. Doch weit gefehlt! Carl entpuppte sich selbst als Verfasser einer primitiven Hetzbroschüre, die dem ungebildeten Leser einredete, der Capitalismus werde die ganze Welt aus reiner Habgier in Bälde an den Rand des Untergangs treiben.

In einem Notizbüchlein hatte er die tückischen Pläne festgehalten, die er und seine Genossen, zu denen auch der bekannte vaterlandslose Geselle Ernst Thälmann gehörte, nach erfolgter Weltrevolution zur Ausführung bringen wollten.

»Tod dem Adel! Tod den Pfaffen!
In die Tempel schleudert Brände!
Tod den Bürgern! legt die Hände
An Cultur- und Bildungsaffen!

Nieder mit dem Capitale!
Collektivbesitz errette
Uns vom Druck der Sklavenkette!
Hoch die Internationale!«

»Es ist mein fester Wille«, las Reventlow staunenden Auges in der krakeligen Handschrift Carls, »den Auftrag zur Gänze zu erfüllen, den ich von meiner über alles geliebten communistischen Partei erhalten habe, selbst wenn ich dabei draufgehe! Es darf dem dämliche Krautjunker unter keinen Umständen gelingen, mit den Martiern in Kontakt zu treten, denn der deutsche Imperialismus und sein von den Herren Thyssen, Krupp, Stinnes & Co. im Sattel gehaltener Statthalter soll nicht damit prahlen können, den von Carl Marx und Friedrich Engels begründeten wissenschaftlichen Socialismus überflügelt zu haben. Der erste Kontakt mit unseren Brüdern im All, die ohne Zweifel ebenfalls von den hehren Zielen des Socialismus beseelt sind[5], bleibt der Avantgarde der Arbeiterklasse vorbehalten: der communistischen Partei! Zu diesem Behufe bin ich, wenn nötig, gern bereit, mein Leben hinzugeben.«

Und um dieses Ziel zu erreichen, hatte Carl einige Maßnahmen ergriffen, die den Grafen, als seine Augen ihrer ansichtig wurde, erneut erbleichen ließen.

»Für den Fall, daß meine Identität und der mir von meiner über alles geliebten communistischen Partei übertragene Auftrag wider Erwarten aufgedeckt werden, sorge ich dafür, daß der *Excelsior* seine Fahrt nicht fortsetzen kann. Als ehemaliger Reichsbahner ist es mir ein Leichtes, den Antigravitationsapparat, die Küchen- und Luftautomatik sowie die Latrinenspülung so zu sabotieren, so daß derselbe spätestens am vierten Tage havariert, im Weltenalle verharrt und sämtliche Bemühungen fruchtlos bleiben, ihn wieder in Fahrt zu versetzen.«

»Schockschwerenot!« stieß Reventlow hervor, als er diese Zeilen las und die in denselben zu Tage tretende Gemeinheit begriff. Wenn der *Excelsior* keine Fahrt mehr machte und die Latrinenspülung sowie die Luftautomatik nicht mehr funktionierten, mußten er und seine Gemahlin binnen kürzester Zeit ersticken! Wie mußte dieser Lump sie hassen, um ihnen einen so

---

5 [Graf Reventlow schüttelte sich.]

schrecklichen Tod in den undurchkreuzten Räumen des Weltenalles zu wünschen! Welche Niedertracht! Und all das hatte dieser Galgenvogel, den er anfänglich für eine ehrliche, biedere Haut gehalten hatte, im Auftrage seiner verbrecherischen Genossen in Moskau angezettelt!

Als der Graf sich ausmalte, wie er und seine auch seelisch adelige Gemahlin mit hervorquellenden Augen und heraushängender Zunge langsam dahinschieden, ohne zuvor die Ehe vollzogen zu haben, wurde ihm blümerant zumute. Dann fiel sein Blick auf den Soennecken-Abreißkalender an der Wand der Kabine, und ihm wurde schlagartig bewußt, daß der *Excelsior,* wollten sie nicht das ihnen zugedachte Schicksal erleiden, auf der Stelle zum Monde zurückkehren, den ausgesetzten Carl suchen und ihn wieder an Bord holen mußte.

Schon die Vorstellung, vor einem Proleten zu Kreuze kriechen zu müssen und seine holde, zarte Gemahlin erneut den Blicken dieses übelriechenden Wüstlings auszusetzen, löste beinahe eine Herzattacke in ihm aus. Und so fragte er sich, was denn wohl schlimmer sei: im eiskalten Vacuum zu verscheiden, wenn der Antigravitationsapparat, die Latrinenspülung und die Bordküche nicht mehr funktionierten, oder die Rückkehr zum Monde, wo noch immer die Chance bestand, Carl eine Falle zu stellen, um ihn anschließend dazu zu zwingen, seine niederträchtigen Sabotageakte rückgängig zu machen.

Die Angst, Carl könne inzwischen aufgrund des geringen Sauerstoffvorrats seines Atemkostüms in der dünnen Luft auf der Rückseite des Erdtrabanten das Zeitliche gesegnet haben, ließ Reventlow erbleichen, doch wie es sich für einen deutschen Offz. d. Res. geziemt, riß er sich zusammen und dachte nach. Einen Plan, Carl zu foppen, konnte er sich während der

Rückfahrt zurechtlegen. Daß der proletarische Lümmel sich weigern würde, ihnen zu helfen, den *Excelsior* wieder flottzumachen, war kaum wahrscheinlich, denn als Mensch niederer Herkunft, der an seinem erbärmlichen Leben hing, war er trotz seiner schriftlich abgefaßten gegenteiligen Beteuerung gewiß gern bereit, seine über alles geliebte communistische Partei für eine Passage nach der Erde zu verraten.

Wenn sie sich beeilten, konnten sie es schaffen. Doch wie, fragte sich der Graf, sollte er Clothilde den plötzlichen Kurswechsel erklären, ohne sie zu Tode zu ängstigen? Konnte er ihr irgendwelche Problemlappalien an dem Antigravitationsapparat vorschwindeln, der sie zum Abbruch der Reise zwang? Er stellte sich vor, wie sie reagieren würde, wenn er sagte: »Wir sind gezwungen, die Reise zu den Martiern abzubrechen und zum Monde zurückzukehren.«

Oje. Am besten sagte er lieber gar nichts. Außerdem war Clothilde ja nur eine Frau! Sie hatte von komplizierter Mechanik und Astronomie nicht die geringste Ahnung. Sie würde es ohnehin nicht bemerken.

»Splitter der Göttlichkeit sind wir, also ihrer teilhaftig«, zitierte Reventlow den großen deutschen Dichter Hans Friedrich Blunck. »Arm ist nur, wer sich selbst aufgibt.«

11. KAPITEL

Nachdem der Graf alle nöthigen Kurskorrekturen vorgenommen hatte, um die Umkehr des *Excelsior* einzuleiten, labten er und seine Gemahlin sich an einem weiteren Justus-von-Liebig-Süppchen. Dann entboten sie einander den Gutenachtgruß. Der Graf zog sich in seine Kabine zurück, entkleidete sich, legte eine Schnurrbartbinde an und entzündete die letzte Havanna dieses Tages.

Clothilde nächtigte, wie es sich für eine Dame, deren Ehe noch nicht vollzogen ist, schicklich in der Nebenkabine und ergötzte sich noch ein halbes Stündchen an dem für eine Frau recht unterhaltsamen Roman *Gräfin Ilse* des deutschen Dichters Otfrid von Hanstein.

Als Reventlow, die qualmende Havanna zwischen den Zähnen, in seinem grüngesteppten Schlafrocke auf dem Bette lag, um einen Plan auszutüfteln, mit dem er Carl nach der erfolgten Landung auf dem Monde überlisten konnte, schweiften seine Gedanken alsbald ins Unendliche ab, und er speculierte auch über mancherlei andere Dinge nach, da es ihm als Angehörigem des Standes der Gebildeten von Natur aus nicht lag, nur den nächsten Schritt im voraus zu berechnen.

Und je länger er darüber nachdachte, mit welchen Worten er unserem geliebten Kaiser erklären sollte, daß es mit der versprochenen martischen Kolonie nun vorerst Essig war, desto mulmiger wurde ihm zumute. Dann dachte er an die Martier und an alle anderen etwaigen Nachbarn, die das Deutsche Reich im Weltenraume hatte; an die mysteriösen Zeichnungen auf dem schwarzen Monolithen in dem Tempel im Krater Tycho, und an das, was er dem verbrecherischen Carl entlockt hatte: daß auch die Communisten unter der Leitung des tückischen Obergenossen Lenin in Sibirien an einem Weltenraumschiffe arbeiteten. Schließlich fragte er sich mit einem leichten Schaudern, wie es der dekadente Franzose und der räuberische Engländer mit der Construction von Weltenraumschiffen hielten: So unterlegen sie dem deutschen Erfindergeist auch waren, daß sie mehr konnten als communistische Proleten, war keine Frage. Doch dann fiel ihm ein, daß die Communisten ja auch Internationalisten waren und mithin kein Vaterland kannten. Beim Bau ihres Weltenraumschiffes wurden sie mit Sicherheit auch von deutschen Renegaten unterstützt. Wie furchtbar!

Selbst wenn es dem Engländer gelungen wäre, es dem Deutschen gleichzuthun und ein Weltenraumschiff zu construieren – wie wollte er, falls es ihm wirklich gelang, auf dem Monde eine Landung zu vollbringen, gegen die Mannen Wilhelms bestehen, die sich dann schon längst dort heimisch gemacht haben würden? Man würde sie mit Mörser-, Haubitzenfeuer sowie dem aufgepflanzten Seitengewehr empfangen und ihnen das Hirn aus dem Schädel pusten!

Sie würden kein Pardon geben, wie damals, im Kriege von 14/18, als sie den Franzmann, den Tommy und den Iwan dank der neuen Superwaffe des Grafen Zeppelin vernichtend geschlagen hatten. Reventlow erinnerte sich noch sehr lebhaft an seine Fronteinsätze, die ihn u. a. auch nach Flandern geführt hatten. Dortselbst hatte sich gezeigt, daß der Engländer von seiner ganzen Natur her feige war! Denn bei ihm kannte man bekanntlich keine allgemeine Wehrpflicht. Die Soldaten des Engländers waren angeworbene Söldner, und in ihren Reihen wimmelte es von allem möglichen Volk und gefährlichen Subjekten, die zu faul zum Arbeiten waren und sich nur zum Militärdienst meldeten, um ein Dach über dem Kopfe zu haben und versorgt zu sein. Herren von Stand dienten ihrem Lande nur als Offiziere und scheuten sich, als Gemeine ins Heer einzutreten. Diese Zustände hatten es mit sich gebracht, daß der Engländer mit Geringschätzung auf seine Soldaten herabblickte, während man bei uns allen, die des Kaisers Rock tragen, mit Achtung begegnet, auch wenn sie Gemeine sind. Hurra!

Da nun der Engländer in militärischer Ausbildung in keiner Weise an den Deutschen heranreicht und sein Heer kaum ein ausreichender Schutz für sein Land ist, ist er gezwungen, die Hilfe seiner Kolonialtruppen in Anspruch zu nehmen und Farbige herbeizurufen, so wie er uns im fernen Osten den Japaner auf den Hals hetzte, der uns unser Kiautschou in China rauben sollte. Ja, er scheute sich nicht, uns Gesindel verschiedener Hautfarbe entgegenzuschicken! Dieses mochte sich totschießen lassen, während der junge Engländer Fußball spielte, im Kontore saß, Geld ausgab und die Zeit totschlug. Welch eine Schmach für die weiße Rasse! Und der Franzose hatte es mit seinen Turkos, Zuaven, Marokkanern, Senegalschützen usw., die er ins Feuer schickte, nicht anders gemacht als der Russe mit seinen Kalmücken, Kamtschatkanern und Turkmenen. Doch Deutschland, Österreich-Ungarn und später die Türkei hatten ihm gezeigt, wie gut sie das Schwert zu führen wissen, wenn es gilt, die heiligsten Güter des Volkes zu schützen und zu verteidigen!

Ja, dachte Reventlow triumphierend, wir sind diesem Pack zehnfach überlegen, wenn nicht gar elffach! Und er drückte seine Havanna aus und legte sich auf die Seite, um eine Mütze voll des Schlafes zu nehmen.

Minuten später ruhte er in Morpheus' Armen und tauchte ein ins Land der Träume, wobei seine tollsten Abenteuer an der Front vor seinem inneren Auge noch einmal Revue passierten. Er sah sich im Land der Skipetaren hoch zu Rosse sitzen, den blitzenden Säbel schwingen und das Feindespack in den Abgrund jagen. Am Abend saß er, das Monokel fesch ins Auge geklemmt, eine süße türkische Cigarette zwischen den Lippen, in frischgebügelter Ausgehuniform mit seinen Offizierskameraden im Feldkasino und würfelte um die Gunst einer in Seide gekleideten verschleierten Houri, deren blitzende Augen von sittlicher Verkommenheit kündeten, und malte sich aus, was er mit ihr treiben würde, falls er das Spiel gewann. Das Glück war ihm an diesem Abend zugeneigt, und als er die Partie mit einem forschen Lächeln für sich entschieden hatte, trat er unter dem anhaltenden Applause seiner Kameraden auf die erwartungsvoll dastehende Houri zu und löste ihren Schleier.

Sie hatte das Gesicht Clothildens.

Reventlow erwachte schweißgebadet aus seinem Alptraum und setzte sich mit heftig schlagendem Herzen aufrecht hin. O Gott, wie schrecklich! Sein Puls raste; der Schweiß stand ihm in dicken Perlen auf der Stirn. Was hatte er da nur geträumt?

Und das! Was war das? Waren das nicht Schritte?

Das Herz des Grafen schien stillzustehen. Seine Nakkenhaare richteten sich auf. Er hielt den Atem an und lauschte in die Dunkelheit hinein. Tatsächlich: *Tap, tap, tap. Tap, tap, tap* ... Da war jemand auf dem Gange. Er hörte es ganz deutlich. Clothilde? Nein, unmöglich. Sie würde ihr Gemach niemals nächtens verlassen, ohne ihm Mittheilung zu machen. Es war also noch jemand anderes an Bord.

Ein Fremder. Carl? War es dem Hundsfott etwa gelungen, sich vor der Abreise des *Excelsior* unbemerkt wieder an Bord zu schleichen? Reventlow schüttelte entschieden den Kopf. Nein, nein, er hatte ihn nach dem Fußtritte mit eigenen Augen im hohen Bogen in die lunare Nacht hinausfliegen sehen. Und kurz darauf war die Luke des *Excelsior* zugefallen. Carl hatte keine

Chance gehabt. Es mußte also ein anderer sein, ein Blinder Passagier, oder... O Gott im Himmel, ein Spion! Wie und wann war er an Bord gekommen? Für wen war er thätig? Handelte es sich etwa um einen Complizen Carls?

Rechtschaffener Zorn ergriff Reventlow, und er öffnete flugs die oberste Schublade des Nachtkonsölchens, entnahm ihr eine dort befindliche Luger P08, die acht Schuß abgeben konnte, bevor man sie nachladen mußte, glitt lautlos in seinen grüngesteppten Schlafrock und huschte gewandt zur Kabinenthür. Das Tappen der Schritte war leiser geworden. Der Spion hatte sich entfernt. Doch in welche Richtung? Der Graf öffnete leise die Thür und lugte in den Gang hinaus. Tatsächlich! Unter der Vorratskammerthür drang Licht hervor! Der unbekannte Spion that sich an ihrem ohnehin schon knapp bemessenen Proviant gütlich und schlug sich den Wanst voll! Es war unglaublich!

Graf Reventlow pirschte, wie für alte Ulanen typisch, nach dem schon erwähnten Eingange zur Vorratskammer, bückte sich und warf einen konzentrierten Blick durch das Schlüsselloch. Er sah einen langen Schlaks von einem jungen Mann, den er altersmäßig auf etwa achtundzwanzig Jahre schätzte. Er hatte dunkelblondes, gewelltes Haar, blaue Äuglein, eine forsche Adlernase und Hände, die so aussahen, als verstünden sie kräftig zuzugreifen. In den besagten Händen hielt der Fremdling einen Waldecker Bauernbrotkanten, den er sich heißhungrig in den Mund stopfte. Der Kleidung nach wirkte er wie ein Mann von Stand, doch seine unmilitärische Haltung erinnerte an die Achtgroschenjungs der Hauptstadtpresse, denen der Graf des öfteren begegnet war, wenn er mit seinen Korpskameraden zwecks Allotria und dergleichen in bestimmten Etablissements verkehrt hatte.

In Berlin hatte er Dutzende solcher Schmieranten

kennengelernt, die sich abends, nach gethanem Zeilengeschinde, in den Plüschsalons der Halbwelt mit französischem Champagner zukippten. Zorn wallte in Reventlow hoch. Da hatten er und Seine Majestät nun alles gethan, um die Reise des *Excelsior* ins Weltenall geheimzuhalten, und trotzdem hatte dieser Tintenkuli irgendwie davon erfahren. Es war keine Frage, daß der Kerl nur aus einem Grunde an Bord war: Er wollte aus reiner Sensationsgier an seiner für Deutschland und den Rest der Welt wichtigen Mission teilnehmen, um als erster darüber schreiben zu können!

Reventlow hob die Luger, preßte die Lippen zusammen, ergriff den Knauf der Vorratskammerthür und riß dieselbe feste auf.

Der Achtgroschenjunge tat vor Schreck einen Luftsprung. Das abgebissene Stück Brot blieb ihm im Halse stecken, und er würgte, hustete und ruderte mit den Armen.

»Flossen hoch!« donnerte Reventlow in alter deutscher Offizierstradition und zielte auf den, wenn man es genau nahm, eigentlich gar nicht vorhandenen Bauch des Spitzbuben.

»Öuh, aim sssorry...«, antwortete der freche Kerl mit aufgeplusterten Backen und musterte den völlig zu recht ergrimmten Edelmann mit einem Blick, aus dem die typische Arroganz des Engländers sprach. Er schien nicht im geringsten verängstigt zu sein. Er war eher verlegen, wie jemand, den man während einer Partie Mensch-ärgere-dich-nicht beim Schummeln ertappt hat.

»Name, Vorname, Dienstgrad!« verlangte der Graf knurrig zu wissen und setzte seine strengste Miene auf. »Wie, zum Henker, sind Sie an Bord gekommen? Wo haben Sie sich versteckt? Für welchen geheimen Dienst sind Sie thätig?«

»Öuh, Sie sind die Käpt'n, sind Sie nicht?« erwiderte

der Kerl mit einem verlegenen Lächeln und bewies mit seiner pervers verqueren Satzstellung ungewollt, was Reventlow schon längst vermutete, daß er nämlich Engländer war. »Mag ich mich Ihnen introduzieren, mein Herr? Mein Näym is P. M. Fox, und ich bekenne mir schuldig.«

Unglaublich, daß er es überhaupt verstand, sich in unserer geliebten Muttersprache auszudrücken, denn bekanntlich ist der Engländer ja das sprachunbegabteste Wesen der Erde und meint, wer sich mit ihm unterhalten will, habe gefälligst *seine* Sprache zu erlernen. Reventlow vermutete, es mit einem gebildeten Bürger des Imperiums zu thun zu haben. Womöglich hatte dieser Tunichtgut gar in Tübingen Germanistik studiert?

»Wessen?« fragte der Graf.

»Wott?« fragte Mr. Fox.

»Wessen bekennen Sie sich schuldig? Der Spionage?«

»Öuh, nöuh!« Mr. Fox schüttelte aufgeregt sein dunkelblond gelocktes Haupt. »Ich bin nur schuldig der curiosity ... Wie sagt man? Die Neugier, mein Herr! Ich bin, jöu nöuh, eine Reporter von die british Press. Keine Spy, mein Herr, nöuh, nöuh! Ich hoffe, Sie wollen mir behandeln like eine Schäntlemän die andere, mein Herr! Sinz wir are Kollegen hier in die Spähß!«

Minuten später (Reventlow hatte Mr. Fox flink in der Kombüse des *Excelsior* an einen Küchenstuhl gefesselt) ging der Graf in die Kabine seiner Gattin, weckte sie aus ihrem Schlafe und einem Traume, in dem sie bei Hofe gerade dem Kronprinzen vorgestellt worden war, und berichtete ihr in knappen Worten von der unerwarteten Änderung der Lage.

Gräfin Clothilde, über alle Maßen erschreckt, die Nacht ahnungslos in Gegenwart eines verbracht zu haben, nahm ein Tröpfchen Baldrian, sprang geschwind hinter den Paravent, entledigte sich ihres züchtigen weißen Baumwollnachthemdes, schlüpfte in ihre nicht minder züchtigen Unterröcke und Kleider, kämmte ihr Haar, steckte es auf und folgte dem besorgten Gatten in die Kombüse, wo sie des jungen Mannes ansichtig wurde, der bei ihrem Erscheinen verzückt mit der Zunge schnalzte.

Clothilde errötete ob dieser unverhüllten Avancen bis unter die Haarwurzeln. Reventlow schnauzte Mr. Fox nach alter deutscher Offizierstradition wegen flegelhaften Benehmens zusammen, schilderte ihm mit offenen Worten, was ihm blühte, sollte er dasselbe noch einmal an den Tag legen, und befragte ihn dann, was ihn dazu bewogen habe, sich an Bord des *Excelsior* zu schleichen und was er mit der Bemerkung, sie seien ›Kollegen im Spähß‹ meine.

Der zurechtgewiesene Mr. Fox schluckte verschämt, dann entbot er Gräfin Clothilde seine unterthänigste Entschuldigung (was den Grafen zumindest soweit versöhnte, daß er dem jungen Manne eine gewisse Education nicht absprach) und erstattete dem adeligen Paar in seinem seltsamen Deutsch Bericht, an das man sich jedoch in den nächsten Stunden soweit gewöhnte, daß es nach und nach verständlich wurde.

Und nun, geschätzter Leser, die Geschichte des Mr. Fox, die, wie sich später herausstellte, trotz der blumigen und nicht immer stubenreinen Ausdrucksweise des Erzählers in der That völlig der Wahrheit entsprach.

12. KAPITEL

Im Leben eines jeden Menschen kommt irgendwann der Tag, an dem er sich entscheiden muß, ob er fortan vor oder hinter dem Tresen stehen will. Mir stellte sich diese Frage am 1. 10. 1919, als ich mit dröhnendem Schädel in einem Hotelzimmer in Leopoldville erwachte und feststellte, daß mir die Goldnuggets, die ich aus den eiskalten Bächen des Nordwest-Territoriums gewaschen hatte, endgültig unter den Händen zerronnen waren. Ein auf dem Nachtkonsölchen liegender Brief der Hotelleitung gab mir darüber hinaus zu verstehen, daß man keinen Wert mehr auf meine Anwesenheit legte. Das machte mich natürlich sofort munter!

Ich wollte mir gerade die Gamaschen zuknöpfen, als jemand einen weiteren Brief unter der Thür hereinschob.

Oha, dachte ich, was kann das sein? Eine Einladung zur Schneehasenjagd von Fürst Woronzeff? Eine Aufforderung, am nächsten Galadinner Lady Hamiltons teilzunehmen? Ein Brief der Chase Manhattan Bank, der mir mitteilte, daß zwei freundliche Herren unterwegs seien, um mit mir ein Gespräch über die Zukunft meines Überziehungskredits zu führen? Oder eine handschriftliche Note des Spielcasinos, die mich davon in Kenntnis setzte, daß ich beim Stehlen eines Silberlöffels beobachtet worden sei?

Es war nichts von alledem. Der Brief kam aus Japan und stammte von meinem alten Kampfgefährten Jack London, der nun seit 1904 für Hearsts Revolverblätter munter den russisch-japanischen Krieg kommentierte.

Ich lese soeben die neue Nummer der Blitzkritik, sagten

seine hastig dahingekritzelten Zeilen. *Keine Frage, daß die Herausgeber sich damit durchsetzen werden. Sie machen aber, so scheint mir, einige Fehler.* (Hier folgte eine Aufstellung aller Verbesserungen, die Jack der *Blitzkritik* vorschlug). *Besuche die Redaktion doch mal, wenn du gerade in London bist,* endete sein Schreiben. *Laß sie aber um Gottes willen nicht wissen, daß die Anregungen von mir sind. Gib sie als deine eigenen aus! Anderenfalls würden mich diese Brüder zu ihrem Fernost-Korrespondenten machen – und das kann ich mir bei meinen guten Honoraren einfach nicht leisten. Vor allen Dingen sage ihnen, sie sollen den öden Langweiler feuern, der die erotische Literatur bespricht … Sage ihnen, sie sollen einen gutmütigen Trottel ausfindig machen, der spannend aus den Werkstätten der Macher berichten kann.*

Da mich in Leopoldville ohnehin nur meine Schulden hielten, beschloß ich, diesen Rat in die That umzusetzen. Ein Ortswechsel schien mir eh dringend geboten – und zudem gab es zwischen der britischen und der belgischen Krone kein Auslieferungsabkommen. England war also genau richtig für mich, auch wenn ich von der *Blitzkritik* bisher noch kein Sterbenswörtchen gehört hatte.

Ich zog mich an, borgte mir von einem Hoteldiener einen Handkarren, befreite meine Suite von den etwas zahlreich gewordenen leeren Flaschen, beglich mit dem Pfandgeld die Rechnung der letzten vier Wochen und nahm den nächsten Dampfer nach London. Dort angekommen begab ich mich mit einer Droschke nach Soho, wo die Redaktion der *Blitzkritik* untergebracht war. Das Unternehmen hauste in der Portobello Road, war in sechs kleinen Hinterhauszimmern untergebracht und wurde von Louie Lob und Herbie Hudel betrieben.

Herbie Hudel lauschte meinen Ausführungen mit Interesse und nahm sie widerspruchslos hin. Er entließ sofort den öden Langweiler, der die erotische Literatur besprach, und ehe ich begriff, aus welchem Grund er mir einen Scotch nach dem anderen einflößte, hatte ich einen Vertrag unterschrieben, der mich verpflichtete, für 5 Shilling Sixpence Nachfolger desselben zu werden.

Louie Lob, der kurz darauf die Redaktionsräume betrat, stellte mir prompt eine baldige Gehaltsaufbesserung in Aussicht. Ein Vorschuß sei leider noch nicht drin, gaben mir meine neuen Brötchengeber zu verstehen, da die *Blitzkritik* noch keinen Profit abwerfe. Aber in drei bis vier Monaten ... Und außerdem: Waren wir nicht Männer von ... äh ... Cultur? Waren wir etwa auf schnöden Mammon angewiesen?

Die *Blitzkritik,* so erfuhr ich, erfreute sich immer mehr der Aufmerksamkeit der Londoner und Leipziger Verleger. Bald würde das Anzeigenaufkommen sogar Zeilenhonorar für die freien Mitarbeiter ermöglichen. Derweil konnte ich ja die Rezensionsexemplare behalten und bei den Trödlern verhökern.

Na prima!

Nachdem Lob & Hudel ihren gutmütigen Trottel gefunden hatten, begab ich mich sofort an die Arbeit. Was hätte ich sonst thun sollen? Da ich weder Bargeld besaß noch eine Unterkunft hatte, konnte ich mich zumindest in den Redaktionsräumen der *Blitzkritik* aufwärmen.

Abnehmer der Zeitschrift, für die ich nun thätig war, waren vor allem Buchhändler, Bibliotheken und Feuilleton-Redaktionen, die sich keine eigenen Rezensenten leisten konnten. Letztere druckten gegen ein Minimalhonorar fleißig aus der *Blitzkritik* nach. Buchhändler und Bibliothekare ließen sich von uns mit Lesetips beliefern. Bücher, die in der *Blitzkritik* positiv besprochen wurden, fanden leichter Eingang in die Regale des Sortiments, –und das wußten die Verleger zu schätzen. Unter diesen Umständen waren unsere Mitarbeiter selbstredend verpflichtet, glimpflich mit den bei uns eingehenden Werken umzuspringen. Unsere Parole lautete: Bloß keinen Anzeigenkunden verärgern! Aber für einen gestandenen Pressemann wie mich war das natürlich ein uralter Hut.

Ich zog mich in ein unbeheiztes Büro zurück, widerstand der Versuchung, die Waschzettel abzukupfern, und blätterte mit einem diskreten Lechzen die Elaborate meines Vorgängers durch. Mir fiel gleich auf, daß er in seinen Besprechungen hart am Text blieb und weitgehend auf Metaphern verzichtete. Beispielhaft für das, was die *Blitzkritik* von ihren Mitarbeitern verlangte, schien mir die Rezension zu einem aktuellen erotischen Roman von Lassie Brown zu sein, die ich mir gleich dreimal zu Gemüte führte. *Auf Tisch und Bett*, stand da, *von Lassie Brown*. Und weiter: *Die Protagonisten dieses Meisterwerks der erotischen Literatur, das uns der sympathische junge Autor aus Whitechapel hier vorstellt, dessen Verleger es nie versäumt, unser Magazin mit Anzeigenaufträgen zu bedenken, sind drei Mädchen und ein Mann. Die Mädchen sind alle jung, süß, scharf und knackig. Das erste ist schlank und hat normalgroße Titten; das zweite ist sehr gut proportioniert und hat stramme Möpse; das dritte hat riesengroße Titten und trägt Stiefel. Das erste Mädchen hat schwarze Strümpfe ohne Strapse an, das zweite …*

Als ich anfing, die Worte dieses begnadeten Rezensenten zum viertenmal auf mein Hirn einwirken zu lassen, flog die Thür auf und Louie Lob stürmte herein. In der Hand schwenkte er aufgeregt ein Blatt Papier, in dem ich unschwer ein Telegrammformular erkannte.

»Endlich wird der *Blitzkritik* die Aufmerksamkeit zuteil«, schrie er, »die ihr schon lange gebührt!«

»Sir?« fragte ich irritiert, da die Lektüre der Rezension in und an mir einiges versteift hatte.

»Packen Sie!« jubelte Louie Lob. »Sie werden eine Reportage schreiben, mein Guter! Sie fahren in die Eifel!«

»Nach Old Germany!« trompetete Herbie Hudel, der hinter seinem Compagnon herumhüpfte wie ein Derwisch. »Ach, noch einmal Old Heidelberg sehen – und Sauerkraut essen.«

»Eine Auslandsreportage?« fragte ich, während Lob & Hudel mich in eine wartende Droschke schoben. »Aber wir sind doch ein Rezensionsdienst!«

»Was macht das schon?« rief Herbie Hudel, als die Droschke anruckte. »Wenn man ein Exklusiv-Angebot bekommt, muß man es wahrnehmen! Machen Sie uns bloß keine Schande, junger Freund! Die Welt wird sich um Ihren Bericht reißen! Haben Sie überhaupt einen Federhalter dabei?«

Und ab ging die Post. Die Droschke brachte mich zum Hafen und hielt vor einem halbwracken Segler, dessen Kapitän mich in wenigen Stunden über den Kanal brachte. Ungeachtet meiner lautstarken Proteste steuerte das Schiff das belgische Oostende an. Zum Glück hatten die Nachrichten aus Leopoldville die hiesigen Zeitungen noch nicht erreicht. Mit hochgezogenem Mantelkragen und in die Stirn gezogenem Hut ging ich von Bord, bestieg eine wartende Kutsche und ließ mich im Eiltempo nach Germany versetzen. Als ich mich wegen eines Fläschchens Scotch mit den deutschen Zöllnern herumstritt, trat ein vornehm wirkender Herr mit Monokel an uns heran, schnauzte die Uniformierten mit den abscheulichen Kehllauten zusammen, die die Deutschen als Sprache ausgeben[6], und machte sie zur Schnecke. Die Zöllner katzbuckelten, brummten und zogen sich zurück.

---

[6] [An dieser Stelle mußte Graf Reventlow sich lautstark räuspern, doch Mr. Fox war dermaßen in seinen Bericht vertieft, daß er nichts davon bemerkte.]

Mein Retter – man sah es sofort – war adligen Geblüts. Und Engländer, was mich nicht wenig überraschte.

»Ich bin Lord Philip Loghead«, sagte er. »Habe ich die Ehre mit…«

»Keine Namen, Sir«, wisperte ich angesichts der sich in einiger Entfernung herumlümmelnden belgischen Beamten. »Aber wenn Sie den Sonderkorrespondenten der *Blitzkritik* erwarten, bin ich Ihr Mann.«

»Vortrefflich«, sagte Seine Lordschaft und bedeutete mir, in eine dritte bereitstehende Kutsche zu steigen. Kurz darauf donnerten wir über eine holprige Straße nach Südosten.

»Würden Sie die Güte haben«, sagte ich, nachdem mich mein Gegenüber eine Weile stumm gemustert hatte, »mich über den Zweck meines Hierseins aufzuklären, Sir? Ich muß gestehen, daß mein Aufbruch etwas abrupt erfolgte… Meine Arbeitgeber waren dermaßen in Eile…«

»Gemach, gemach«, sagte Seine Lordschaft. »Haben Sie Geduld.« Er war ein Mann in den Vierzigern, mit gelangweilt blickenden Augen. »Mr. Lob und Mr. Hudel konnten Ihnen deswegen nichts sagen, weil sie selbst nichts wissen, alter Knabe. Wie war doch gleich Ihr Name?«

»Ich bin P.M. Fox, Euer Gnaden«, erwiderte ich devot.

»Wofür steht das P.M.?« fragte seine Lordschaft.

»Potiphar McGurgle, Mylord.« Ich errötete. Seine Lordschaft kicherte, aber daran war ich gewöhnt.

»Der bekannte Playboy?« Lord Philip zog die Augenbrauen hoch. »Waren Sie nicht derjenige, der im Spielcasino von Leopoldville…«

»Sie wissen davon?« Ich schluckte. Seine Lordschaft kicherte erneut. Las dieser Kerl kongolesische Zeitungen? Es war aber auch zu dumm, daß ich mich einen

Tag vor meiner Abreise auf das ULTIMATE SPIEL eingelassen hatte. Zum Glück hatte man wenigstens in London noch nicht erfahren, daß ich das Casino auf Socken hatte verlassen müssen.

»Sie sind das Leopoldville in aller Munde, Mr. Fox«, sagte seine Lordschaft. »Aber lassen wir das jetzt. Ich möchte Sie statt dessen auf den Gentleman vorbereiten, zu dem wir unterwegs sind. Er hat sich in ein Eifeldörfchen zurückgezogen, um die russischen Spione abzuschütteln, die auf der ganzen Welt herumkrauchen, seit dieser Lenin dort an der Macht ist.«

»Aha«, sagte ich, ohne ein Wort verstanden zu haben. »Und wie wird dieser Gentleman, wenn man fragen darf, mit den *deutschen* Spionen fertig?«

Lord Philip lachte heiter. »Die sind keine Gefahr für uns. Ganz im Gegenteil: Seit wir unter dem persönlichen Schutz von Erzherzog Johann stehen, achten sie darauf, daß uns niemand zu nahe tritt.«

»Erzherzog Johann?« fragte ich. »Der den bekannten Jodler erfunden hat?«

»Exakt! Wie ich sehe, verstehen Sie etwas von deutscher Cultur.«

»Vielen Dank«, erwiderte ich geschmeichelt. »Was ich ... äh ... aber nicht *ganz* verstehe, Mylord, ist ... wieso dieser ... äh ... ungewöhnliche Gentleman, zu dem wir unterwegs sind, unter dem Schutz der deutschen Obrigkeit steht. Gab es denn keine Möglichkeit für ihn, sich des ... äh ... Schutzes der britischen Krone zu versichern?«

»Aber ich *bitte* Sie, Mr. Fox«, sagte Seine Lordschaft mit milde tadelnder Stimme. »Kennen Sie etwa ein britisches Geheimnis, das der Rest der Welt nicht auch kennt?«

Als ich unsicher die Achseln zuckte, sagte er: »Na, sehen Sie! Seit die englischen Bolschewisten London mit ihren ewigen Bomben in Trümmer legen und den

Russen in die Hand arbeiten...« Seine Lordschaft schüttelte den Kopf. »Ein Gespenst geht um in Europa! Ich sage nur eins: Carl Marx!«

»Tatsächlich?« sagte ich.

Die Kutsche legte sich in eine Kurve, und ich stieß mit dem Kopf irgendwo an.

»Dank der deutschen Gründlichkeit«, fuhr Seine Lordschaft fort, »konnten wir unser Projekt bis dato unbehelligt vorantreiben. – Erzherzog Johann hat uns großzügigerweise gestattet, in einem seiner Lustschlößchen zu arbeiten. Dafür erhält er siebzig Prozent der Ausbeute.«

Ich mußte Seiner Lordschaft glauben, obwohl ich nicht die geringste Ahnung hatte, wovon er eigentlich sprach. Als wir ein paar Stunden später in tiefschwarzer Nacht irgendwo anhielten, sieben Schützengräben überquerten und uns einen Weg durch ein Minenfeld suchten, wurde mir klar, daß er zumindest an einem Projekte von eminenter Wichtigkeit arbeitete. Wohin man auch sah, überall wimmelte es von schnauzbärtigen deutschen Soldaten mit Pickelhauben. Sie filzten uns bis auf die Unterwäsche, dann führten sie uns zu einer großen Villa, deren Fenster mit Brettern vernagelt waren.

Der Mann, der uns erwartete, war eine weltbekannte naturwissenschaftliche Kapazität, und ich erkannte ihn auf den ersten Blick: Professor Peter Paul Phoney, dem man nachsagte, er habe sich vor Jahren aus der Öffentlichkeit zurückgezogen, um sein Lebenswerk in völliger Abgeschiedenheit zu beenden. Er war klein, rundlich, fast kahl, hatte einen langen, weißen Rauschebart, und auf seiner Knollennase thronte ein Zwicker, der ihm ein gelehrtes und liebenswürdiges Aussehen verlieh.

Professor Phoney stellte mir sofort seine Mitarbeiter vor. Tom (groß, mager, Oberlippenbärtchen, ausgeprägter Adamsapfel), Dick (dick, klein, ungelenk, abstehende Ohren) und Harry (untersetzt, vierschrötig, finster). Die linke Hand des Professors – wenn man davon ausging, daß Lord Philip seine rechte war – schien Captain Compart zu sein, ein Haudegen alter Schule. Er hatte lange Jahre in der Marine Ihrer Majestät verbracht und benahm sich noch immer so, als kommandiere er eine Horde Barfüßiger. Seine Stimme hatte das Volumen und den Klang eines Nebelhorns, und er schien auch ziemlich trinkfest zu sein, wie man unschwer an seiner roten Nase und seiner Whiskyfahne erkennen konnte.

»Da wären wir also endlich zusammen«, sagte Professor Phoney erfreut. »Und es ist mir eine besondere Ehre, Sir«, fuhr er mir zugewandt fort, »daß Ihre Zeitung extra einen Sonderkorrespondenten abgestellt hat. Das zeigt mir, daß die seriöse Presse der Wissenschaft gegenüber bemerkenswert aufgeschlossen ist.«

Seine Lordschaft hüstelte.

Captain Compart grunzte.

Tom, Dick und Harry glotzten mich an.

Mir selbst lag zwar nichts ferner, als die *Blitzkritik* für eine seriöse Presse zu halten, aber ich wollte dem Gentleman nicht widersprechen, zumal auch meine Arbeitgeber große Hoffnungen in mich setzten. Wenn eine Kapazität wie Professor Phoney einen Journalisten rufen ließ, standen sicherlich bedeutende, weltumwälzende Enthüllungen bevor. Was mochte er entdeckt haben? Daß Ptolemäus doch recht hatte? Drehte die Sonne sich um die Erde? Stand eine Weltkatastrophe bevor?

Was immer der Professor der Welt mitzuteilen hatte: Es mußte eine große Sache sein! Daß er ausgerechnet den Rezensenten einer Literaturzeitschrift eingeladen hatte, kam mir zwar merkwürdig vor, aber schließlich soll man die Entscheidungen großer Wissenschaftler respektieren, wenn man selbst nur blutiger Laie ist.

Der Professor musterte mich prüfend mit seinen kurzsichtigen Äuglein und fragte: »Haben Sie schon einmal an einer Forschungsexpediton teilgenommen, Mr. Fox?«

»Offengestanden, Sir«, antwortete ich, »höre ich zum ersten Mal, um was es überhaupt geht. Ich hoffe, das Ziel Ihrer Reise wird nicht ausgerechnet Belgisch-Kongo sein?«

Lord Philip wollte sich schier ausschütten vor Lachen. Tom, Dick und Harry gackerten. Der Professor schmunzelte. Nur Captain Compart reagierte anders. »Von mir aus hätten wir ganz auf diesen Federfuchser verzichten können, Doc«, sagte er und funkelte mich argwöhnisch an. »Unseren Bericht können wir auch selber schreiben.«

Professor Phoneys Lächeln wurde zu einer verlegenen Grimasse. Dann stand er auf, strich seine Beinkleider zurecht, legte mir eine Hand auf die Schulter und sagte in väterlichem Tonfall: »Kommen Sie, junger Mann. Folgen Sie mir in den Innenhof. Ich möchte Ihnen etwas zeigen.«

Mit der ganzen übrigen Bande im Schlepptau folgte ich ihm durch nicht enden wollende Korridore, bis wir vor einem mächtigen, handgeschnitzten Portal anhielten. Der Professor gab Lord Philip einen Wink, woraufhin dieser Captain Compart einen Wink gab. Captain Compart deutete mit dem Kinn auf das Portal.

Tom griff in die Tasche, brachte einen großen Schlüssel zum Vorschein und schloß das Portal auf. Dick und Harry öffneten die beiden schweren Flügelthüren.

Ich trat über die Schwelle und blinzelte. Vor mir, von einigen Laternen angestrahlt, lag ein langgestrecktes Etwas, das entfernt an einen an Land gespülten Walfisch erinnerte. Es war etwa dreißig Yards lang, walzenförmig, und abgerundet wie eine riesige Granate.

Die mir zugewandte Seite wies überraschenderweise Fensterchen auf, die den Eindruck von Bullaugen machten.

»Was ist das?« fragte ich. »Ein Unterseeboot?«

Professor Phoney lachte. Seine Lordschaft kicherte. Captain Compart stöhnte über soviel Dummheit.

»Nein«, sagte der Professor schließlich. »Was Sie hier sehen, junger Mann, ist das Gefährt, das wir mit Unterstützung des Erzherzogs Johann konstruiert haben.«

»Es ist ein Gefährt?« fragte ich erstaunt. »Aber es hat ja nicht mal *Räder.*«

»Es *braucht* auch keine Räder«, erklärte der Professor gelassen, »weil es sich nicht an Land bewegen soll. Dieses Fahrzeug wird durch das *Nichts* eilen. Ich nenne es ein Weltenraumschiff.«[7]

»Ein Weltenraumschiff?« hörte ich mich sagen. »Ein *Weltenraumschiff?*«

»Wir werden morgen früh damit zum Planeten Mars fliegen«, sagte der Professor würdevoll.

Ich brauchte natürlich etwas Zeit, um diesen Satz in seiner ganzen Tragweite zu erfassen. Professor Phoney und seine Mitarbeiter wollten zum Mars fliegen! Auf einen anderen Planeten! Na ja, dachte ich, warum auch nicht? Bisher ist ja noch niemand dagewesen. Wenn die Welt davon erfuhr, würde es bestimmt tolle Schlagzeilen geben. Kein Wunder, daß meine Brötchengeber so stolz darauf gewesen waren, daß ausgerechnet einer ihrer Mitarbeiter dabei sein sollte. Ein wissenschaftlich geschulter Redakteur der *Times* wäre dem Professor zwar vielleicht dienlicher gewesen – aber nun hatte das Große Los mich getroffen. Die *Blitzkritik* würde Ge-

---

[7] [Graf Reventlow zuckte erschreckt zusammen, aber der Einwand, der ihm auf der Zunge lag, konnte nicht über dieselbe kommen, da Mr. Fox augenscheinlich auch diesmal nicht gewillt war, sich unterbrechen zu lassen.]

schichte machen – und ich würde sie schreiben! Ich sah mich schon mit dem Hosenbandorden ausgezeichnet dem alten George die Hand schütteln und bei Hofe Cocktails schlürfen. Ich würde die dicksten Korrespondentenhonorare einstreichen, die Welt würde mir zu Füßen liegen! Im stillen bedankte ich mich bei meinem Freund Jack, dem ich all dies zu verdanken hatte. Er würde staunen, wenn er nach unserer Rückkehr meine tollen Artikel las.

Nachdem wir einen Schluck auf das frohe Gelingen der Expedition getrunken hatten, schüttelte ich dem Professor die Hand und sagte: »Ich bin Ihr Mann, Sir! Verfügen Sie über mich, Gentlemen!«

»Ich danke Ihnen«, sagte der Professor gerührt und zog mich an sein Herz. Lord Philip erwiderte meinen entschlossenen Händedruck. Tom, Dick und Harry waren etwas zurückhaltender. Nur Captain Compart zeigte offen, was er von mir hielt: »Go, fuck yourself – jetzt kann ich doch nur *ein* Fäßchen mit an Bord nehmen«, war sein rätselhafter Kommentar, als ich mich anschickte, kameradschaftliche Bande zu ihm zu knüpfen.

Wie der Professor erklärte, würde unsere Reise zwölf Monate dauern. Man war gut vorbereitet: die Laderäume des Weltenraumschiffes waren voller Pökelfleisch und Zwieback. Auch sonst hatte man an alles gedacht: Lord Philip hatte für festliche Anlässe einen Karton französischen Champagner, der Professor ein Kistchen Havanna-Cigarren, und Captain Compart ein Fäßchen alten Scotch an Bord gebracht. Nachdem uns die Männer Erzherzog Johanns mit einem riesigen Katapult in die Luft geschleudert hatten, nahmen wir im Salon des Weltenraumschiffes Platz und prosteten uns zu.

Bisher war alles planmäßig verlaufen. Die Erde wurde immer kleiner und kleiner, und bald konnte man Europa und Asien mit einem Blick umfassen. Ich drehte meinen Gläubigern in Leopoldville eine lange Nase und begann mit den ersten Tagebucheintragungen. Natürlich wollte ich die literarische Welt mit einem äußerst gewitzten Stil verblüffen, das hatte ich mir vorgenommen. Man sollte sich nämlich nicht nur an unseren Entdeckungen erbauen, sondern auch an dem Wortreichtum teilhaben, den Mutter Natur mir in die Wiege gelegt hatte. Außerdem dachte ich daran, meine noch zu schreibenden Artikel zusätzlich in Buchform zu verwerten. William Blackie und seine Söhne würden sicher ganz wild darauf sein, meine Erlebnisse in die Bestsellerlisten zu drücken. Während der Professor sich auf der Brücke aufhielt und die Armaturen justierte, beaufsichtigte Captain Compart das Bordpersonal. Tom, Dick und Harry waren nämlich, wie ich erst später erfuhr, keine wissenschaftlichen Assistenten des genialen Weltenraumschiff-Constructeurs, sondern simple Domestiken, die die Planken schrubben und sich um die Kombüse kümmern sollten.

Am dritten Tag unserer Reise – die Erde war nur mehr eine wolkenverhangene Kugel – fiel mir auf, daß Harry zur Renitenz neigte, denn kaum hatte Captain Compart ihm einen Befehl gegeben, streckte er ihm hinterrücks die Zunge heraus. Tom und Dick waren zwar weniger widerborstig, dafür aber faul und gefräßig. Sie machten im Laufe der Zeit einen eher zwiespältigen Eindruck auf mich. Nach zwei Wochen offenbarten sie dann ihren wahren Charakter: Sie stahlen die Cigarren des Professors, betranken sich, und gaben mir, wenn ich sie bat, etwas leiser zu lärmen, aufmüpfige Antworten.

Besonders Lord Philip schien ihr Verhalten zu verdrießen.

»All das ist nur eine Folge zunehmender Bürgerrechte«, sagte er aufgebracht, wenn man ihn auf dieses Thema ansprach. »Sobald man diesem Gesindel auch nur eine Arbeitspause zugesteht, verlangt es auch schon Erholungsurlaub!« Und wenn man tiefer in ihn drang, sagte er: »In den Textilmanufacturen meines Schwagers gab es so etwas früher nicht. Da haben die Leute achtzehn Stunden am Tag gearbeitet und waren auch zufrieden. Man sollte dieses Gesindel mal richtig auspeitschen!«

»Ganz recht, Mylord«, pflichtete Captain Compart Seiner Lordschaft bei. »Dieses Kroppzeug hat nicht einmal mehr Respekt vor dem Scotch der Offiziere. – Aber diese Halunken wissen, daß wir momentan auf sie angewiesen sind. Nur deswegen führen sie sich so frech auf.«

»Angewiesen?« schnaubte seine Lordschaft. »Der Lakai muß erst noch geboren werden, von dem ein Loghead abhängig ist! Warum entlassen Sie diese Proleten nicht und stellen einfach andere ein?«

»Weil wir«, sagte Captain Compart, »über zehn Millionen Meilen von England entfernt sind, wenn ich mir diese Bemerkung gestatten darf. Mit Verlaub, Mylord, wir können das Personal im Moment wirklich nicht auswechseln.«

»Na schön«, sagte Seine Lordschaft und kratzte sich am Ohr. »Aber im nächsten Hafen werden diese Tagediebe ordentlich ausgepeitscht.«

Ich schrieb mein Tagebuch. Da es draußen im All nur wenig zu sehen gab, wurde es nicht besonders schnell voll. So oft ich aus dem Bullauge schaute, sah ich stets dasselbe: Sterne und Dunkelheit, Dunkelheit und Sterne. Den gleichen alten Kram, den man auf der Erde auch sehen kann. Mit der Zeit wurde die Sache wirklich langweilig.

Als uns nach sechs Wochen die Cigarren und der Whisky ausgingen, wurden die Leute allmählich nervös. Seine Lordschaft rannte wie ein gereizter Tiger auf und ab; Captain Compart zeigte starke Entzugserscheinungen und verfiel rapide. Die Mannschaft, die dies mit hämischer Freude verfolgte, hatte bald gar keinen Respekt mehr vor ihm und filterte das Rasierwasser Lord Philips durch Brotscheiben, um wenigstens ab und zu an einen Schlaftrunk zu kommen. Wenn Captain Compart Tom, Dick oder Harry etwas auftrug, bekam er Antworten wie »Tu's doch selber, du fauler Gockel« – »Rutsch mir den Buckel runter, Capitalistenknecht« oder »Zieh Leine, sonst kriegste einen auf'n Ballon.«

Da die Sitten an Bord sichtlich verrohten, blieb es freilich nicht aus, daß Professor Phoney, der sich bisher ganz auf seine wissenschaftlichen Studien konzentriert hatte, etwas davon mitbekam. In der achten Reisewoche stürmte er eines Tages wutentbrannt in die Bordbibliothek, wo Seine Lordschaft gerade Chaucer las und ich mein Tagebuch führte, und sagte mit empörter Fistelstimme: »Also das geht zu weit, Gentlemen! Ich bin gerade über eine leere Whiskyflasche gestolpert! Das Mannschaftsquartier, in das ich daraufhin taumelte, gleicht einem Schweinestalle! Und Captain Compart liegt in der Koje und deliriert! Als ich ihn ansprach, sagte er immerzu ›Macht nix, leg dich wieder hin.‹« Der Professor schnappte nach Luft und fügte mit gesträubtem Bart hinzu: »Es sieht fast so aus, als hatte man an Bord dieses Weltenraumschiffes nicht den geringsten Respekt vor den hehren Zielen der Wissenschaft.«

»Sir ...«, sagte ich, um überhaupt etwas zu sagen.

»Schweigen Sie!« donnerte der Professor zornbebend. »Wie wollen wir das Ende unserer Reise erleben, wenn die Moral schon acht Wochen nach dem Start im Eimer ist? Thun Sie was, aber auf der Stelle!«

»Jawoll, Sir!« schrie ich und stand stramm.

»Sie übernehmen sofort Captain Comparts Posten, Fox!« schnarrte der Professor. »Sie wissen wohl, was Sie zu thun haben!«

»Jawoll, Sir!« trompetete ich. »Aber ... wird es Captain Compart nicht vergrätzen, wenn ich ...«

»Das ist mir Wurscht!« sagte der Professor, ohne sich einen Deut darum zu scheren, daß er eine Argumentation dieser Art im allgemeinen für unwissenschaftlich hielt. »Hier muß mal ordentlich durchgegriffen werden!«

Ich seufzte, nickte Seiner Lordschaft zu, schnallte mir zwei Pistolen um und suchte das Mannschaftsquartier auf.

Ich wäre besser sitzengeblieben, denn kaum war ich auf dem Korridor, als unser treues Gefährt heftig zu schlingern anfing, einen Purzelbaum schlug und – sank. Das heißt, ich hatte das *Gefühl,* daß es sank. *Ich* sank auf alle Fälle, nämlich zu Boden. Als ich wieder zu mir kam, bimmelten sämtliche Alarmglocken und jemand schrie: »Alle Mann in die Boote! Frauen und Kinder zuerst!« Ich muß schon sagen, das kam mir äußerst seltsam vor.

»Wir sind mit einem Planetoiden oder so etwas zusammengestoßen«, rief der Professor erregt. »Wir sind verloren! Wir stürzen ab! Captain Compart! Captain Compart!«

Captain Compart kam aus seiner Kabine getaumelt. Er war unrasiert, verkatert und sah ziemlich mitgenommen aus – wie immer. Irgendwie erinnerte mich sein Gesicht an einen Steckbrief, den ich kürzlich in Casablanca gesehen hatte.

»Was'n los, häh?« fragte er und justierte seine Hosenträger.

»Wir müssen unter allen Umständen eine Panik verhindern!« kreischte Seine Lordschaft mit Schaum vor dem Mund. »Beruhigen Sie sich, Mr. Fox, um Himmels willen! So beruhigen Sie sich doch! Verlieren Sie bloß nicht die Nerven!«

»Ich?« fragte ich und schüttelte ihn ab. Es machte noch einmal *Ratsch*, dann lag ich zum zweitenmal auf der Nase.

»Bodenkontakt!« meldete Tom. »Wir sind aufgeprallt!«

Ich muß gestehen, daß mein Mut in diesem Moment rapide sank. Wir waren aufgebrochen, um einen kühnen Menschheitstraum wahr werden zu lassen. Doch statt das Banner Erzherzog Johanns in die rote Sandwüste unseres Nachbarplaneten zu rammen und die Geheimnisse seiner Kanäle zu enträtseln, waren wir nun auf einem pockennarbigen, unansehnlichen, durch das All treibenden Felsklotz gelandet.

Während Lord Philip, der dankenswerterweise meinen Bodenfall etwas gebremst hatte, unter mir jammerte und wehklagte, brüllte Tom von der Brücke her: »Da! Da! Da! Ich habe eine Bewegung gesehen! Herr Professor! Herr Professor!« »Brüder im Kosmos!« rief Professor Phoney und riß sich vom Boden hoch. »Wir sind nicht allein im All! Öffnet die Luke! Laßt sie uns begrüßen!«

Ich stand auf, half Seiner Lordschaft auf die Beine und eilte zum Ausgang. Tom, Dick und Harry schoben gerade den großen Riegel beiseite. Captain Compart kämpfte mit seinen verrutschten Hosenträgern. Der überglückliche Professor hüpfte begeistert von einem Bein aufs andere und verfiel angesichts dieser epochemachenden Entdeckung in die lateinische Sprache. Kaum war die Luke offen, stülpte er sich einen Zylinderhut aufs Haupt und sprang ins Freie.

»Vorsicht!« schrie ich. »Die Eingeborenen könnten uns auch *feindlich* gesinnt s …«

Professor Phoney kam schon zurück. Ein gefiederter Pfeil hatte seinen Hut durchbohrt. Sein Gesicht war bleich. Sein Kinn zitterte vor Empörung. »Es sind Wilde!« schrie er. »Sie haben mich beschossen! *Mich*, einen Mann der Wissenschaft!«

Ping! Ping! Ping! Eine ganze Pfeilsalve kam durch die offene Luke gezischt und bohrte sich in die Korridorwand.

»Schotten dicht!« röhrte Captain Compart. »Gebt ihnen eine Breitseite! Wo bleibt denn die Infanterie?«

Ich sah gleich, daß er nicht mehr bei Verstand war.

Lord Philip stieß den Captain beiseite und rief näselnd: »Müssen sich britische Gentlemen einen solchen Empfang bieten lassen? Sind wir schon so weit, daß wir unsere Ehre von ein paar dahergelaufenen nackten Wilden untergraben lassen? Es wird höchste Zeit, daß man diesen Ikonoklasten eine gehörige Tracht Prügel verabreicht!«

»Langsam, Euer Gnaden«, beschwichtigte ich den erhitzten Edelmann. »Wir müssen zuerst einen Plan austüfteln.«

Während Tom, Dick und Harry mit Enterbeilen in der Hand den Ausstieg bewachten, zogen wir anderen uns in den Salon zurück. Professor Phoney war sichtlich ergrimmt, drehte seinen durchbohrten Zylinderhut in den Händen und stieß finstere Verwünschungen aus. Offenbar hatte er sich den Empfang auf einem anderen Planeten anders vorgestellt. Schließlich zuckte er jedoch die Achseln und setzte seine Kopfbedeckung wieder auf.

»Wir müssen sofort die britische Armee zu Hilfe rufen«, sagte Seine Lordschaft erregt. »Unter Umständen auch die Scottish Highlanders!«

»Scotch?« fragte Captain Compart interessiert. Er lag wie ein nasser Sack in einem Sessel und leckte sich lüstern die Lippen.

»Aber das geht doch nicht!« rief ich in das Stimmengewirr hinein. »Gentlemen! Wir können auf keinerlei militärische Unterstützung hoffen!« Niemand hörte mir zu. »Wie sagt doch der Dichter so schön?« fuhr ich lauthals fort: »Hilf dir selbst, so hilft dir Gott! Wir müssen das Schicksal in unsere eigenen Hände nehmen!«

»Er hat mich überzeugt!« rief Seine Lordschaft aus und ergriff dankbar meine Hände. »Was gedenken Sie zu thun?«

»Eine ergreifende Rede, fürwahr«, gab auch der Professor gerührt zu. »Sie können offenbar doch mehr, als nur Sandwiches essen, junger Freund. Was schlagen Sie vor?«

»Nun... äh... Zunächst sollten wir herausfinden, wer unsere Gegner überhaupt sind.«

»Das sollten wir tatsächlich«, sagte nun auch Seine Lordschaft und nickte entschlossen. »Sonst kommt der Feind möglicherweise noch auf die Idee, hier hereinzukommen, um herauszufinden, wer *wir* sind.«

Professor Phoney machte ein nachdenkliches Gesicht.

»Ich frage mich«, sagte er, »ob diese Wilden möglicherweise von einem verschlagenen Medizinmann beherrscht werden und unter Vorspiegelung falscher Thatsachen gegen uns vorrücken müssen. Vielleicht sind sie uns im Grunde freundlich gesinnt.«

»Darf ich fragen«, wandte Seine Lordschaft ein, »Was Sie auf diese interessante Theorie gebracht hat, alter Knabe?«

»Ja, nun«, gab der Professor verlegen zurück. »Also offen gesagt, die Theorie ist nicht von mir. Ich habe sie aus der... ähm... Sekundärliteratur. Solche Phänomene sind zum Beispiel im südamerikanischen und afrikanischen Busch weit verbreitet – daß boshafte Medizinmänner über den Kopf des weisen Häuptlings hinweg friedliche Stämme gegen die Weißen aufhetzen, meine ich.«

Um mehr zu erfahren, begaben wir uns an das nächste Bullauge und sahen hinaus. Unser Weltenraumschiff war auf einer öden, grauen Ebene gelandet, die spärlichen Pflanzenwuchs aufwies. Im Hintergrund erhoben sich ein paar dekorative karmesinrote Hügel. Der uns umgebende Sandboden war da und dort von großen, glitzernden Steinen durchsetzt. Ich hielt sie zunächst für Glasbruchstücke, aber Lord Philip, der offenbar bessere Augen hatte, schrie plötzlich: »Riesendiamanten! Und sie liegen einfach da herum!«

»Diamanten?« fragtte Professor Phoney. Seine kleinen Äuglein wurden so groß wie Suppentassen, und er putzte eifrig die Gläser seines Zwickers.

»Diamanten?« gurgelte Captain Compart enttäuscht. »Kein Scotch?«

»Gentlemen ...«, fing ich an.

Und dann sah ich einen Wilden. Er sah aus wie eine aufrechtgehende Mohrrübe mit grüner Haut, vier Armen und einem platten Biberschwanz. Ein runder Mund grinste mich mit einem funkelnden Nagezahn an. Professor Phoney sagte: »Auch das ist ein Geschöpf Gottes!«

»Und was thun wir jetzt?« fragte Captain Compart in einer seiner wenigen hellen Sekunden.

»Ja«, sagte Seine Lordschaft. »Was thun wir jetzt, um an die Diamanten heranzukommen?«

»Sir!« wandte Professor Phoney mit vor Empörung bebender Stimme ein. »Sie haben wohl vergessen, aus welchem Grund wir diese Reise unternommen haben! Wir wollen wissenschaftliche Daten mit nach Hause bringen. – Von Diamanten war nie die Rede! Wir ...«

»Ursprünglich wollten wir ja auch zum Mars«, sagte Lord Philip. »Sind wir etwa auf dem Mars? Na also! Was soll daran schlecht sein, wenn wir ein paar lumpige Diamanten mit nach Hause nehmen, wenn wir eh schon einmal hier sind?«

»Gentlemen ...«, warf ich ein.

»Diese Diamanten«, dozierte Professor Phoney, »gehören der einheimischen Bevölkerung dieser Welt.«

»Aber Wilde wissen den Wert von Geschmeide doch gar nicht einzuschätzen! Für sie sind Diamanten wahrscheinlich wertloser als Feuerstein!«

»Gentlemen ...«, begann ich erneut.

»Hab ich da gerade was von Diamanten gehört?« ließen sich plötzlich Tom, Dick und Harry vernehmen. Sie standen im Thürrahmen und hatten Enterbeile in der Hand. Captain Compart nuckelte an seinem rechten Daumen. Lord Philip erbleichte vor Schreck.

»Ich wüßte nicht, was Sie das angeht«, erwiderte Professor Phoney ungehalten. »Ich fordere Sie auf, sofort wieder an Ihre ...«

»Sie fordern gar nix«, sagten Tom, Dick und Harry wie aus einem Munde. »Wir übernehmen jetzt mal das Kommando – verstanden?« Der Anblick ihrer Enterbeile ließ mich zurückweichen.

»Soll das heißen, daß Sie meutern?« fragte der Professor außer sich.

»Ich hab's ja immer gesagt«, knirschte Seine Lordschaft. »Man sollte diese frechen Proleten alle tüchtig durchprügeln, damit sie kapieren, wer ...«

Captain Compart blökte wie ein Lamm. Die Entzugserscheinungen machten ihm schwer zu schaffen. Von ihm war sicher keine Hilfe mehr zu erwarten.

Ich zog den Bauch ein, zückte die beiden Pistolen und zischte: »Zurück an die Arbeit, ihr Hundsfötter! Solange einer von uns hier noch atmet, wird nicht gemeutert!«

Tom, Dick und Harry wichen zurück. War ich etwa aus Leopoldville geflohen, um mich im Vacuum des Weltenalles von ein paar verlausten Weltenraummatrosen ins Bockshorn jagen zu lassen?

Kurz darauf drang ein verdächtiges Quietschen an unsere Ohren. Lord Philip duckte sich, der Professor hechtete hinter das Sofa. Ich ging mit dem hysterisch lachenden Captain Compart auf den Korridor hinaus und stellte fest, daß die Mannschaft verschwunden war.

Trotz der blutdurstigen Wilden, die uns belagerten, hatten Tom, Dick und Harry das Schiff verlassen. Meine Schießeisen mußten ihnen wahrhaftig einen großen Schreck eingejagt haben.

Die Luke war offen. Hatten die Wilden bereits kurzen Prozeß mit ihnen gemacht? Würden wir bald alle an ihren Marterpfählen enden? Ich nahm mir ein Herz und blickte hinaus. Niemand war zu sehen. Die Fußspuren von Tom, Dick und Harry endeten an einem Gurkenwäldchen, das sich fünfzig Yards südlich von uns erhob. Wo waren die Wilden? Hatten sie sich etwa zurückgezogen? Geduld schien also nicht ihre Stärke zu sein.

Als ich das Schiff verließ, passierte nichts. Ich faßte neuen Mut. Es war ein komisches Gefühl, über einen fremden Weltenkörper zu gehen. Bald folgten mir auch Captain Compart, der Professor und Seine Lordschaft. Da uns niemand behelligte, besserte sich auch unsere bedrückte Stimmung, und bald darauf untersuchten wir die glitzernden Steine. Einige waren größer als Straußeneier und wogen mehrere Pfund.

»Wir sind reich!« frohlockte Lord Philip und stopfte sich die Taschen voll. »Reich! Reich! Unermeßlich reich! Yak! Yak!«

Als Mann der reinen Wissenschaft verfolgte Professor Phoney das Thun des Edelmannes mit angewiderten Blicken. Captain Compart versuchte die Diamanten mit Hammer und Meißel zu öffnen, da er sie in seinem Wahn offenbar für Flaschen hielt.

»Das ist das Ende, Sir«, sagte ich, nachdem ich dem Treiben der beiden eine Weile niedergeschlagen zugesehen hatte. »Die Mannschaft ist davongelaufen – und Seine Lordschaft und der Captain sind dem Wahnsinn verfallen. Wie sollen wir unter diesen Umständen je wieder nach England zurückfinden?«

Der Professor seufzte. »Und dann noch diese Wilden, die irgendwo auf uns lauern«, sagte er bedrückt. »Allmählich bin auch ich davon überzeugt, daß unsere Expedition unter keinem guten Stern steht, junger Freund.« Er runzelte die Stirn, denn nun eilte Seine Lordschaft in das Weltenraumschiff zurück, um nach einer Schubkarre Ausschau zu halten. Captain Compart lutschte an einem flaschenförmigen Diamanten und brach in Tränen aus.

Und dann wuchsen die Wilden um uns herum förmlich aus dem Boden. Sie hatten uns in eine Falle gelockt – und sich heimlich im Sand eingegraben.

»Gottverdammte Kacke!«[8] sagte ich, als ich mit gefesselten Händen in einer Art Zelt wieder zu mir kam. Mein Schädel fing heftig an zu dröhnen, und das erinnerte mich an das hübsche Hotelzimmer in Leopoldville, wo alles seinen Anfang genommen hatte.

»Ich hätte nicht gedacht, daß wissenschaftliche Sonderkorrespondenten der *Times* sich einer dermaßen vulgären Sprache befleißigen«, sagte Professor Phoney, der neben mir lag. »Ich muß mich doch sehr wundern, Mr. Fox.«

»Mit Verlaub, Sir«, erwiderte ich und versuchte die Finsternis mit Blicken zu durchbohren, »aber ich bin

---

[8] [Gräfin Clothilde errötete bei diesem Kraftausdruck, der in Gegenwart einer Dame von Adel völlig unangebracht war, doch dann fiel ihr ein, daß es Mr. Fox schon schwer genug fallen mußte, seinen Bericht in einer Sprache abzuliefern, die nicht die seiner Mutter war, und als Dame des Adels, die für ihr großes Herz bekannt war, sie verzieh ihm.]

weder wissenschaftlicher Korrespondent, noch schreibe ich für die *Times.* Darf ich fragen, wie Sie darauf kommen?«

»Wie bitte?« fragte der Professor baß erstaunt. »Aber wie … aber was … aber wo …«

»Ich bin Literaturkritiker«, sagte ich. »Bei der *Blitzkritik* in London. Lob & Hudel Verlag, wenn Ihnen das mehr sagt.«

»Was denn – Sie arbeiten für diese *laszive* Zeitschrift?« Professor Phoney erstickte beinahe an seiner Empörung. »Das *kann* doch nicht wahr sein! – Lord Philip, was haben Sie dazu zu sagen? Habe ich Ihnen nicht aufgetragen, einen wissenschaftlichen Korrespondenten der *Times* …«

»Seine Lordschaft ist nicht hier, Sir«, sagte die Stimme Toms aus der Dunkelheit heraus.

»Aber wir sind da«, sagte Dick.

»Tom, Dick und Harry«, sagte Harry.

Daß auch Captain Compart bei uns war, erkannten wir anhand einiger dumpfer Grunzlaute. Er lag mit der Nase im Sand. Geschah ihm recht, dem alten Süffel.

»Jetzt verstehe ich gar nichts mehr«, sagte Professor Phoney. »Können Sie mir das erklären, Mr. Fox? Wieso hat Lord Philip Sie engagiert, wo ich doch ausdrücklich … Halten Sie es für möglich, daß er Sie mit jemandem verwechselt hat?«

»Kaum, Sir«, erwiderte ich. »Seine Lordschaft erwähnte ausdrücklich die Namen meiner Verleger. Und da die Verleger der *Times* nun mal nicht Lob & Hudel heißen …« Ich zuckte bedauernd die Achseln.

»Omigawd!« stöhnte der greise Wissenschaftler. »Nun endlich sehe ich klar! Lord Philip ist ein russischer Spion! Er hat unter allen Umständen verhindern wollen, daß außer mir noch jemand mitfliegt, der gewisse Forschungsergebnisse weitergeben kann! Des-

wegen hat er Sie in mein Team geholt – einen *Rezensenten!*«

»Seine Lordschaft soll ein russischer Spion sein?« Mir standen bei diesem Gedanken die Haare zu Berge. »Aber das ist doch unmöglich, Herr Professor! Ich kenne niemanden, der die Roten mehr haßt als er!«

»Das ist ja auch nur logisch«, sagte Professor Phoney, »denn bestimmt arbeitet er für den armen, exilierten Zaren Nikolaus, der nun, wie Sie wissen, mit seiner großen Familie in der Nähe von Paris in einem lumpigen Achtzig-Zimmer-Schlößchen darben muß. Daß Lord Philip von echtem Adel sein muß, bezeugen doch eindeutig seine Bemerkungen über die arbeitende Klasse.«

»Sie könnten aber auch Tarnung sein«, wandte ich ein. Aber an der Theorie des Professors war etwas dran, das mußte ich zugeben.

Nun meldeten sich Tom, Dick und Harry zu Wort.

»Die Wilden hatten uns sofort umzingelt, als wir uns die Diamanten ansehen wollten«, jammerte Tom. »Ob sie uns nun braten werden?«

»Du bist vielleicht ein Blödmann«, ließ sich Dick vernehmen. »Ausländer haben doch ganz andere Sitten als wir!«

»Aber sie haben uns so hungrig angesehen«, winselte Tom und zerrte an seinen Fesseln. »Ich hab Angst.«

»Scotch?« murmelte Captain Compart.

»Da sie von Mohrrüben abzustammen scheinen«, murmelte Professor Phoney sinnierend, »sind sie aller Wahrscheinlichkeit nach Vegetarier… Aber das wiederum hieße, daß sie Kannibalen sind… Vegetarische Kannibalen – oder kannibalistische Vegetarier…«

»Wir müssen die Nerven behalten«, sagte ich. »Wenn wir jetzt in Panik geraten, ist es aus mit uns… KREISCH!«

Etwas Kaltes hatte von hinten meine Hände berührt. Eine Stimme machte leise »Pschschschttt!« Die anderen reckten den Hals, wagten sich aber sonst nicht zu rühren. Sogar Captain Compart wachte auf.

Jemand machte sich an meinen Fesseln zu schaffen.

»Lord Philip?« fragte ich leise. »Sind Sie es, Mylord?«

»Parbleu«, zischte die Stimme, »still'alten, M'sieur! – Voilà!«

Plötzlich war ich frei, rieb meine steifen Gelenke und stand auf. Unser Retter schien Franzose zu sein. Oder Belgier? Aber wie, zum Kuckuck, kam er hierher? Hatten die Franzosen etwa auch ein Weltenraumschiff erfunden? Hatte Seine Lordschaft französische Forscher getroffen und sich mit ihnen verbündet, um uns zu befreien? Oder war Lord Philip in Wahrheit ein *französischer* Spion?

Fragen über Fragen. Der Unbekannte hatte das Zelt offenbar von außen mit einem Messer aufgeschlitzt. Jetzt huschte er von einem zum anderen.

»Wer sind Sie?« fragte ich, nachdem wir ins Freie und Dunkle gekrochen waren. »Wo kommen Sie her? Haben Sie Lord Philip getroffen?«

»Isch bin die 'äuptling von diese Stamm, M'sieur«, erwiderte der Fremde. »Darf isch mir vorställen? Théophile François DuBois de Bologne. Freut misch sähr, Ihre Bekohntschaft zu machehn.«

Wir schüttelten einander die Hand. »Kommen Sie in meine 'ütte. Isch wärde Sie alles erklährehn.«

Stumm wie die Fische eilten wir hinter ihm her und kamen schließlich im Zentrum des aus etwa einhundert Zelten bestehenden Dorfes zu einer Schilfhütte. Kurz darauf befanden wir uns in einem mit Strohmatten ausgelegten Raume. Von den Wänden grinsten geschnitzte Dämonenfratzen auf uns herab, so daß es einem kalt den Rücken hinunterlief. Tom, Dick und

Harry waren vor Angst ganz grün im Gesicht. Wir nahmen an einem offenen Feuer Platz. DuBois de Bologne bot uns Essen und Trinken an.

Was Tom, Dick und Harry anging, so schien ihre Verfressenheit größer zu sein als ihre Angst, denn sie langten gleich zu und schlugen sich den Wanst voll. Der Professor und ich waren zu aufgeregt, um etwas zu uns zu nehmen. Captain Compart setzte einen irdenen Krug an die Lippen, um seinen Brand zu löschen, aber da sich in dem Gefäß nur Wasser befand, erbrach er sich, fiel um und schnarchte weiter.

DuBois de Bologne war ein hagerer, bärtiger Mann mit dunklem Haar, einer speckig aussehenden Baskenmütze und zahlreichen Narben. Seine Kleidung bestand aus einem räudigen Fell und militärischen Paradestiefeln mit schiefgetretenen Absätzen. Auf der Erde hatte er als Agent für die Sureté gearbeitet, und nachdem wir ihm unsere Erlebnisse berichtet hatten, sagte er: »Misch 'at eine ähnlische Schicksal 'ier'er verschlagen.« Und das folgende ist, knapp zusammengefaßt, seine Geschichte: Ein amerikanischer Erfinder hatte Napoleon XIV. vor zwei Jahren davon überzeugen können, daß er in der Lage sei, ein Weltenraumschiff zu bauen. Da man eine gute Chance gesehen hatte, auf diese Weise das französische Kolonialreich auszudehnen, war das Projekt gleich in Angriff genommen worden. Man hatte dem Amerikaner und seinen Leuten jedoch nicht so recht getraut und unseren Retter in sein Team eingeschleust. »Wir erreischten die Planet Mars jedoch ebenso wenisch wie Sie, meine 'erren«, beendete DuBois de Bologne seinen Bericht. »Als wir 'ier notlandeten, kamen die Amerikaner allesamt ums Leben. Isch lag zum Glück gerade in die 'ängematte, so konnte isch die Aufprall ohne Schaden übehrstehn.«

»Und wie ist es Ihnen gelungen, sich zum Häuptling

dieser barbarischen Wilden aufzuschwingen, Monsieur de Bouillon?« fragte Professor Phoney interessiert.

»Zuerst mußte isch natürlisch die alte 'äuptling besiegen«, fuhr unser Retter fort. »Aber das war einfach, da isch mir mit 'ilfe von einige Glasperlen die Gunst von die 'eimtückische Medizinmannes erkaufen konnte.«

Monsieur DuBois de Bologne zuckte die Achseln. »Später jedoch wandte sisch diese Kanaille auch gegen misch, weil isch seine sieben Töchter nicht 'eiraten wollte. Momentan ist eine Rufmordkampagne gegen misch im Gange, und die Resultè davon kann isch mir an die fünf Fingär ausreschnen.«

»Wie furchtbar«, sagte Professor Phoney mitfühlend. »Aber warum wollten Sie die Töchter des Medizinmannes denn nicht heiraten? Sind sie so häßlich?«

»Wenn man die einzige Mensch unter lauter aufreschtgehende Carotten ist«, erwiderte Monsieur DuBois de Bologne, »schraubt man seine Ansprüsche natürlisch im Laufe von die Zeit zurück, aber ... Nein, 'äßlisch sind seine Töschter eigentlich nischt. Aber sie weigern sich, die französische Spitzenunterwäsche zu tragen, die ich ihnen mitgebracht 'abe.«

»Ach so«, sagte Professor Phoney und errötete.[9]

»Sie können sich gewiß vorstellen, wie glücklisch isch war, als isch von Ihre Ankunft 'örte«, fuhr der Franzose fort. »Wir müssen bald von 'ier verschwinden, denn wenn Umazuma – so 'eißt die alte 'alunke – von Ihre Befreiung erfährt, er schreit Mord und Brand. Und dann gnade uns Lullu ... Isch meine *Gott.*«

Das sahen wir ein. Aber wie konnten wir ungesehen zu unserem Weltenraumschiffe zurückkehren? Und –

---

[9] [An dieser Stelle errötete auch Clothilde, denn ist das Tragen von französischer Spitzenunterwäsche nicht durch und durch undeutsch?]

das war eine besonders heikle Frage – wie sollten wir uns den zaristischen Spion vom Halse schaffen, der sich Lord Philip nannte? Wir mußten davon ausgehen, daß er plante, unser Weltenraumschiff in Paris landen zu lassen, denn nur zum Vergnügen war er ja wohl nicht mitgekommen.

Wir weihten unseren Retter rasch in die Problematik unserer Beziehungen ein – und vergaßen auch nicht, darauf hinzuweisen, daß wir in Tom, Dick und Harry drei weitere unsichere Kantonisten an Bord hatten.

»Damit werden wir relativ schnell fertisch«, sagte DuBois de Bologne und zückte ein langes, schartiges Messer. »Wer nischt pariert, wird massakriert. Einer für alle, alle für einen. Ist das klar?«

Tom, Dick und Harry nickten hastig. Wir verließen die Hütte des Franzosen und wandten uns, den vor sich hinbrabbelnden Captain Compart im Schlepptau, nach Norden. Bald standen wir vor dem walfischähnlichen Leib unseres Weltenraumschiffes, dessen Bullaugen völlig dunkel waren. Die Luke war geschlossen, von Lord Philip gab es keine Spur. Unsere Rüttelei nützte nichts. Entweder war Seine Lordschaft zu Bett gegangen oder nicht mehr am Leben.

»Bei Killiwatschs siebenter 'ölle!« fluchte unser neuer Gefährte. »Gibt es denn keinen anderen Weg, um in dieses Gefährt 'ineinzukommen?«

Wir fühlten uns alle nicht sonderlich wohl, denn der Gedanke, daß jeden Moment die Sonne aufgehen konnte, erzeugte in keinem von uns heitere Gefühle.

»Eure Lordschaft!« brüllte Professor Phoney. »Ich mache Sie darauf aufmerksam, daß ich der Constructeur dieses Weltenraumschiffes bin! Ohne uns werden Sie diesen ungastlichen Ort niemals verlassen! Ich appelliere …! Oh! Oje!« Daß er in seiner Rage innehielt, lag daran, daß wir nun diverse Dutzend kreischende

Mohrrüben erkennen konnten, die mit hechelnder Zunge unserer Spur folgten.

»Um Himmels willen, Lord Philip, öffnen Sie!« schrie ich verzweifelt. »Die Wilden kommen! Erinnern Sie sich an Ihre Pflichten als Christenmensch!«

Tom, Dick und Harry fingen laut an zu jammern. Der Professor donnerte mit seinen Fäustchen gegen die Luke und stieß unflätige Beschimpfungen aus. Von einem Akademiker hatte ich so etwas, offengestanden, nicht erwartet.

Die Wilden waren nun bis auf etwa tausend Yards an uns herangekommen. Sie grunzten, schrien, brüllten, pfiffen, heulten wie eine Bluthundmeute und fletschten die Nagezähne, daß einem angst und bange werden konnte. Tom, Dick und Harry klapperten mit den Zähnen und beteten laut. Captain Compart sang *Rule Britannia,* aber da er, wie ich glaube, gar nicht sah, was uns drohte, kann ich nur annehmen, daß dies eine Reaktion auf seine Entzugserscheinungen war.

»Wir brechen die Luke auf!« schrie ich in heller Panik und nahm einen Anlauf. *Krach!* Dann lag ich im Sand. Vor meinen Augen fingen Sterne an zu rotieren. Meine Schulter that höllisch weh. In diesem Augenblick verfluchte ich nicht nur Louie Lob und Herbie Hudel, sondern auch meinen Freund Jack, der seit 1904 sicher in seinem japanischen Schützengraben hockte und in aller Seelenruhe die durch die Luft sausenden Granaten der Russen photographierte.

Doch plötzlich ging die Luke von ganz allein auf, und aus dem Inneren des Weltenraumschiffes wälzte sich ein scheußlich gackerndes Kommando dieser elenden Mohrrüben hervor, schlug Tom, Dick, Harry, den Professor und unseren Retter bewußtlos und schleppte sie fort.

Mir allein gelang die Flucht. Ich krauchte tagelang durch die Einöde und ernährte mich von Insekten, bis ich eines Abends bei einem Ruinenfelde, das mich irgendwie an eine zerfallene Stadt erinnerte, ein anderes Weltenraumschiff erblickte – das Ihre! Sie standen in der Luke. Ich wollte sie sofort als meine Retter begrüßen, doch dann hörte ich, daß Sie und Ihre Gattin sich in deutscher Sprache über einen gewissen Carl unterhielten ... Und da dachte ich, nach dem Krieg sind Sie womöglich auf Engländer nicht gut zu sprechen. So habe ich mich in einer unachtsamen Sekunde an Bord geschlichen ... in der Hoffnung, nach der Rückkehr zur Erde entfleuchen und nach England zurückkehren zu können.

13. KAPITEL

Als Mr. Fox seinen Bericht beendet hatte, standen Gräfin Clothilde ob seines ergreifenden Schicksals die Tränen in den Augen. Reventlow, alter Ulan und Rittmeister a.D., beobachtete diese Sympathiebekundung zunächst mit Mißfallen, doch dann fiel ihm ein, daß Warmherzigkeit und Mitgefühl die größten Tugenden der deutschen Frau sind, und er empfand Stolz auf sein auch seelisch adeliges Weib, daß es eben diese auch für den gestrigen Feind empfinden konnte.

Er räusperte sich mehrere Male, dann löste er Mr. Fox die Fesseln, trug seiner Gattin auf, demselben ein Justus-von-Liebig-Süppchen aufzubrühen, und setzte sich hin, um das Gehörte zu verarbeiten.

Mr. Fox, dies stand fest, hatte von der Wissenschaft der Astronomie wahrscheinlich noch weniger Ahnung als der von ihm erwähnte Gelehrte namens Phoney – sonst hätte er wissen müssen, daß ihre Expedition nicht auf einem Planetoiden, sondern auf dem irdischen Monde gelandet war. Positiv zu bewerten war des weiteren die Erkenntnis, daß das Weltenraumschiff des Engländers über *keinen* Antigravitationsapparat verfügte: Wenn es zwölf Monate brauchte, um die Welt der Martier zu erreichen, konnte der deutsche Erfindergeist darüber nur herzlich lachen. Das Weltenraumschiff der Engländer hatte *acht* Wochen gebraucht, um den Erdtrabanten zu erreichen – sein *Excelsior* hatte die gleiche Strecke hingegen in knapp zwei Tagen hinter sich gebracht! England war eben keine Konkurrenz.

Doch auch etwas anderes beschäftigte den Grafen: daß der Mond nicht nur von greulichen Monstren bewohnt war, die in schmutzigen Krakenteichen nach Schlangenfischen angelten, sondern auch von intelligenten (und möglicherweise gar kannibalistischen) Carotten, in deren Gewalt sich mindestens sechs Menschen: Professor Phoney, Captain Compart, Tom, Dick, Harry und der Franzmann. Das unbekannte Schicksal Lord Philips machte ihm das meiste Kopfzerbrechen, denn immerhin war er ein Mann von (wenn auch vermutlich russischem) Adel, und somit seelisch und moralisch mit ihm verwandt.

Konnte er diese Leute ihrem Schicksale überlassen? Nein! Es war eines Deutschen unwürdig! Auch wenn der Engländer und der Franzmann gestern noch der Feind gewesen waren – auch sie waren Menschen, und Menschen mußten gegen Mohrrüben fest zusammenhalten!

Was sollte er thun? Die Zeit drängte. Wenn sie nach der Landung auf dem Monde nicht schnellstens den abgängigen Carl ausfindig machten, mußten sie ihre Nothdurft in den Gängen des *Excelsior* verrichten und in Bälde ersticken.

Graf Reventlow gab sich einen Stoß. Er ging kurz in seine Kabine, zündete sich eine frische Havanna an, kehrte in die Kombüse zurück, wo Mr. Fox sich in Gesellschaft der Gräfin an seinem Süppchen labte, und schenkte sich einen Korn und seinem Weibe und dem Schiffbrüchigen reinen Wein ein, indem er dieselben über Carls Unthaten aufklärte.

Statt des zu erwartenden »Ach!« und »Weh!« reagierte Gräfin Clothilde zu seiner Überraschung jedoch gelassen auf die üble Nachricht über die Sabotage des hundsföttischen Communistenlumpen und stimmte ihrem Gatten auf der Stelle zu, daß sein Plan, den er bereits heimlich zur Ausführung gebracht hatte, der einzig richtige war. Auch Mr. Fox, der nun, satt von Süppchen und Waldecker Brot, auf seinem Stuhle saß und ein Gläschen Whisky genoß, das Clothilde, die treusorgende Seele, ihm eingeschenkt hatte, pflichtete ihm bei: Sie mußten zum Monde zurück, Carl übertölpeln und den *Excelsior* wieder flottmachen.

Dann bat Mr. Fox sogleich darum, in die Mannschaft desselben aufgenommen zu werden und schwor dem Grafen und seiner charmanten Gattin, ihnen stets Ehre zu erweisen. Daß ein Engländer bereit war, unter ihm zu dienen, nahm Reventlow alsbald für ihn ein, und er ließ Mr. Fox auf die Bibel schwören, daß er, solange er unter seinem Kommando diente, alle Gesetze, Vorschriften, Regeln, Verordnungen und Bestimmungen unseres geliebten Kaisers befolgen wolle. Zum Danke wollte er ihm beistehen, seine Gefährten aus der Gewalt der Carotten zu befreien und selbige nach der Erde mitzunehmen.

Um den Eid des Engländers zu bekräftigen, sagte der Graf ein Gedicht des deutschen Helden Gorch Fock auf, der am 31. Mai 1916 in der Skagerrakschlacht den Heldentod gestorben war:

»Rüttle dich, du Rieseneiche,
Wirf das weiße Laub vom Leibe,
Gib dem Wind die dürren Hölzer,
Der gefundene Kern nur bleibe!
Nur den Stamm, die festen Äste
Rette aus den Ungewittern,
Nur die tiefen, harten Wurzeln,
Laß dir nimmermehr erschüttern!
So halt aus, du große Eiche,
Mögen sich die Wolken türmen,
Mag die Nacht den Tag bedräuen,
Mögen tausend Teufel stürmen –
Bis der Friede und die Sonne
Dich umleuchten nach den Wettern,
Bis der große deutsche Morgen
Dich erquickt mit neuen Blättern!«

»Gott erhalte unseren geliebten Kaiser!« rief Graf Reventlow anschließend aus.

»Yeah!« fügte Mr. Fox enthusiastisch hinzu. »And as soon as possible!«

Und so verging die Zeit, bis endlich die Stunde dräute, in der sie erneut der pockennarbigen, grauen Oberfläche des Erdtrabanten ansichtig wurden, auf dem sie den im Solde Moskaus stehenden Carl Napp zurückgelassen hatten. Der *Excelsior* flog lautlos durch das Vacuum und kreiste über der Stelle, an der Reventlow selbigen Halunken zum letzten Male gesehen hatte, doch da unten rührte sich nichts.

»Ich schlage vor, daß wir landen, meine Theure«, sagte er zu seiner Gattin, dann legte er diverse Hebel und Schalter um und schaute zu, wie sich der cigarrenförmige Riesenleib des von ihm construierten Gefährts dem Boden zuneigte. Kurz darauf hatte der *Excelsior* auf dem grauen Mondgestein aufgesetzt, und Reventlow schaltete die Suchscheinwerfer ein, um zu eruieren, ob ihnen Gefahren drohten. Die bleichen Finger des Lichtes tasteten sich über die öde Landschaft hinweg, die bar jeden Lebens war. Nur da und dort ragten ein paar dürre Pflänzchen in die Höh. Graf Reventlow, seine Gattin und Mr. Fox suchten die Umgebung mit deutschen Präzisionsfeldstechern der Fa. Dr. Wöhler (Saar) ab, doch all ihr Thun erwies sich als nutzlos, denn die Landschaft blieb so öde und leer, wie sie gewesen war.

»Wohin mag er sich wohl gewendet haben, Oscar?« fragte die Gräfin. »Hier vermag doch kein Mensch zu leben – jedenfalls nicht für lange Zeit.«

»Vielleicht haben die Seleniten ihn gefangen«, sagte Reventlow leise und spürte, daß ein mysteriöses Schaudern ihm die Unterhose zwischen die Backen zog.

»Vermutlich schmachtet er längst zusammen mit

meinen Gefährten im Verlies dieser Ikonoklasten«, merkte Mr. Fox an. »Oder der garstige Medizinmann, von dem M'sieur DuBois de Bologne sprach, hat ihn mit seinen sieben Töchtern vermählt.«

Dem Grafen schauderte bei dieser Vorstellung, und er fragte sich, was er wohl thun würde, hätte man ihn in dieser grauenhaften Einöde ausgesetzt. Als erstes hätte er sich wohl ein Dach über dem Kopfe gesucht, und dann nach Wasser und Nahrung Ausschau gehalten. Da Dächer in dieser Region jedoch dünn gesät waren, hätte er sich vielleicht auch mit einer Höhle bzw. Grotte zufriedengegeben...

»Wir müssen hinaus«, sagte Reventlow, »und die Umgebung nach Höhlen bzw. Grotten absuchen. Weit kann der Lump ohne Nahrung und Wasser ohnehin nicht gekommen sein.«

»Und wenn er *dead* ist?« fragte Mr. Fox.

»Dann muß er irgendwo liegen und hat die Schlüssel, die wir brauchen, gewiß in der Hosentasche.« Graf Reventlow deutete auf den Schrank mit den Atemkostümen. »Auch wenn man die Luft hier einigermaßen atmen kann – ziehen wir uns zur Sicherheit um. Und vergessen wir die Waffen nicht.«

Minuten später standen sie schweigend zum erneuten Male auf dem harten Boden des Erdtrabanten und schauten sich um. Reventlow übernahm die Spitze des Suchkommandos, und alsbald marschierten sie in einer Reihe in die einzige Richtung, in die Carl sich aus geographischen Gründen hätte begeben können. Der Marsch strengte sie an und peinigte ihre Wadenmuskeln, doch eine Stunde später hatten sie endlich den Horizont erreicht und standen vor einem Abgrunde.

Als sie staunenden Auges in ihn hinunterblickten, wurden sie einer ruinierten Stadt ansichtig, die jener fatal ähnelte, die sie bereits im Krater Tycho besucht hatten. Es war eine typische Socialdemokratenstadt, in der jedes Haus so aussah wie das nächste. Reventlow schüttelte sich vor Abscheu.

»Fantastic!« rief Mr. Fox aus. »Isn't it a beautiful sight? I'm overwhelmed!«

Reventlow umklammerte den Kolben seines Schießeisens und schnaubte höhnisch: »Da sehen sie, wie die Welt enden wird, Mr. Fox, wenn die Socialdemokraten je die Macht erringen sollten. Die Ihrigen nennen sich ja wohl die Laberpartei?«

»O yes«, erwiderte Mr. Fox und nickte zum Entsetzen des Grafen enthusiastisch mit dem Kopfe. »Die Pinkies haben *this* gebaut? Ordentliche Häuser *for the Woikahs?*«

»Mr. Fox ...«, stieß Reventlow schockiert hervor und, spürte, wie ihn am ganzen Leib ein schreckliches Beben erfaßte. »Sie sind doch wohl kein ...«

Doch das letzte Wort kam ihm nicht mehr über die Lippen, denn im gleichen Augenblicke wurde hinter ihnen ein metallisches Scheppern laut. Reventlow fuhr auf dem Absatze herum – und blickte fassungslos in das triumphierend grinsende Proletengesicht, das zu übertölpeln sie zum Monde zurückgekehrt waren.

Es sah so aus, als sei ihr Plan fehlgeschlagen – als seien nun sie die Übertölpelten. Denn hinter dem wie ein Honigkuchenpferd grinsenden Carl hatte sich eine Companie boshaft kichernder, bis an die Zähne bewaffneter Seleniten versammelt, die im Gegensatz zu den degenerierten Monstren aus dem Krakenteich und den barbarischen Carotten wie grüne, aufrechtgehende Lurche mit langen, gezackten Schwänzen aussahen. Sie trugen bronzene Rüstungen, ebensolche Helme und lederne Stiefel, und ihre drei Äuglein blinzelten so tückisch, daß man auf den ersten Blick erkannte, daß sie aus dem Reich des Bösen stammten. Sie schienen aus dem Boden gewachsen zu sein und bedrohten die

drei wackeren Mondfahrer mit blanken Säbeln und Musketen.

»Carl!« rief Gräfin Clothilde aus, die scheinbar völlig vergessen hatte, wie der lüsterne Lump mit ihr umgesprungen war. »Haben sie dich auch gefangengenommen?«

Der communistische Hundsfott maß sie mit einem Blicke, aus dem offene Lüsternheit sprach. Daß er nach der Prügelei an Bord des *Excelsior* seiner gesamten Vorderzähne verlustig gegangen war, machte sein Grinsen nicht sympathischer.

»Rotfront, du adelige Flampe«, entgegnete er dann und deutete auf die Flinte bei Fuß hinter ihm stehende selenitische Companie. »Darf ich euch unfere Rote Armee vorftellen?«

Reventlow und Fox wichen zurück, bis sie am Rande des Abgrundes standen. Sie waren, wie man sich vorstellen kann, baß erstaunt.

»Willkommen in Marfopolif, der Hauptftadt der Lunaren Fowjetrepublik«, rief Carl höhnisch aus. »Ich bin hier der Volkfkommiffar für Fragen ideologifen Abweichlertumf!«

»Hauptstadt?« erwiderte Reventlow geringschätzig und schaute sich um. »Wo soll die denn sein? Da unten, die Ruinen?«

»O nein«, entgegnete Carl höhnisch lachend. »Die selenitischen Communiften leben schon feit geraumer Feit unter ... lunar. Eine Folge der hiefigen Weltrevolutfion, bei der die dreckigen Capitaliften, um ihre Haut fu retten, eine Waffe einfetften, die den Mond faft überall feiner Lufthülle beraubte, fo daf man heute nur noch in den allertiefften Thälern atmen und nicht mehr fu den Landeplätfen der lunaren Weltenraumfiffe vorftofen kann, um auch den anderen Planeten den Fotfialifmuf fu bringen. Ef hat dem Gefindel aber nichtf genütft, denn die lunare CP hat fie trotfdem bif auf den letzten Mann niedergemetfelt.«

Reventlow dachte schaudernd an die bleichen Gebeine, die er und seine Gattin in den Ruinen im Krater Tycho erblickt hatten. Das also hatte zu ihrem Tode geführt! Sie waren niedergemetzelt worden – von selenitischen Communisten! Er schüttelte sich.

»Aber jetft geht ef allen gut hier«, fuhr Carl fort. »Bei unf braucht niemand fu hungern und fu frieren. Auf dem gefamten Monde ift die Diktatur des Proletariatf nämlich längft durchgefetft. Wir haben auch fliefendes Waffer und ein Fönef Volkfgefängnif für daf Capitaliftengefindel, daf die Arbeiter immer aufbeuten und um ihrer Früchte Arbeit betrügen will ...«

»Ich denke, die sind alle tot?« fragte Reventlow.

»In der Ödnif, die unf umgibt, leben noch ein paar degenerierte Nachfahren der lunaren foftfialdemokratifen Revifioniften«, sagte Carl. »Aber die machen wir auch noch alle.«

»Ach, wirklich?« sagte Reventlow. »Meinst du damit etwa die Carotten?«

»Carotten?« fragte Carl verständnislos.

»Mohrrüben«, übersetzte der Graf, als ihm einfiel, daß diesem Proleten aufgrund seiner mangelnden Education jedes Fremdwort zweifelsohne unverständlich sein mußte.

»Yes«, sagte Mr. Fox. »Die Wilden, die meine Gefährten gefangengenommen haben!«

»Ach, die«, sagte Carl abfällig und lachte abermals. »Ja, ja, daf find fie. Degenerierte fotfialdemokratische Revifioniftenmutanten. Wir haben diefe politifen Abenteurer letfte nacht aufgefaltet. Fie fpielen keine Rolle mehr im Gefüge diefer revolutfionären Welt.« Er drehte sich zu den gepanzerten Echsen um. »Packt fie!«

14. KAPITEL

Als Reventlow, Clothilde und Mr. Fox am nächsten Tag aus dem übelriechenden unterirdischen Kabuff geholt wurden, das Carl euphemistisch als ›schönes Volksgefängnis‹ bezeichnet hatte, schmerzten ihnen sämtliche Knochen, denn sie hatten nicht, wie an Bord des *Excelsior,* auf Eiderdaunen, sondern auf muffigen Strohsäcken schlafen müssen.

Ein Dutzend Angehörige der selenitischen Roten Armee führte das Trio in einen rot gefliesten Saal, an dessen Ende sich ein klotziger Thron aus purem Golde befand, dessen Lehnen von straußeneigroßen Diamanten verziert waren. Auf diesem Throne saß, in einen purpurnen Mantel mit Pelzkragen gehüllt, der sogenannte Erste Parteisekretär und begaffte händereibend eine Gruppe gewagt gekleideter selenitischer Bauchtänzerinnen, die sich zu greulicher Katzenmusik mit lasziven Bewegungen inmitten des Saales bewegten und obszön ihre drei Brüste wackeln ließen – ein Anblick, der Gräfin Clothilde vor Scham erröten ließ.

Als die Darbietung beendet war und die Tänzerinnen den Saal verlassen hatten, geruhte der Volkscommissar für Fragen ideologischen Abweichlertums, seine Besucher endlich zur Kenntnis zu nehmen und wies einen seiner zahlreichen Lakai-Genossen an, denselben Kissen zu bringen, auf die sie ihre müden Gesäße plazieren konnten. Dann ließ er selenitischen Tee und selenitisches Gebäck auffahren, ergötzte sich glucksend an den nun leider weniger feinen Tischmanieren unserer halb verhungerten und geschundenen Helden und gab Ordre, die Katzenmusik wieder einzuschalten.

Während Graf, Gräfin und Mr. Fox den an ihren Eingeweiden nagenden Hunger mit den schon erwähnten Keksen bekämpften, deren Aroma sie fatal an den von Pferdedung erinnerte, so daß sie sich allesamt geradezu verzweifelt nach einer gottverdammten Justus-von-Liebig-Fünf-Minuten-Terrine sehnten, prahlte Carl ungebeten mit dem, was ihm während der Abwesenheit des *Excelsior* auf dem Monde widerfahren war.

Zwischendurch: [redacted] Wer Kohldampf schiebt, so scheint es, entwickelt ganz besondere Geistesgaben. In diesem Fall ist es die des Hellsehens … [redacted] Denn wie sonst wäre es zu erklären, daß der wackere Reventlow und seine Gefährten schon im Jahre 1920 an etwas denken, das erst Jahrzehnte später erfunden wird?

[redacted]

Weil Ronald M. Hahn es so haben wollte.
In diesem Sinne: *Schmatz! Schmatz!*

[redacted]

Zu seinem Glück war Carl schon nach kurzer Wanderschaft durch die lunare Ödnis auf eine Einheit der selenitischen Roten Armee gestoßen, deren Hauptmann zuvor bei einer Abhöreinheit gedient hatte und der deutschen Sprache mächtig war. Diese erwähnte Einheit empfing nämlich vermittels äußerst complicierter technischer Apparate den von dem bekannten deutsch-luxemburgischen Rundfunkpionier Hugo Gernsback in Neu-York betriebenen Sender und hatte so unsere geliebte Muttersprache erlernt und vom Sieg des Socialismus in Rußland erfahren. Da die Seleniten schon längst in einem sogenannten Arbeiter- und Bauernparadiese lebten, hatten sie sich selbstredend gefreut, einem Mitglied der ruhmreichen sowjetischen CP zu begegnen.

Es war Carl binnen weniger Stunden gelungen, das Central-Komitee der Seleniten für die Idee zu begeistern, mit dem *Excelsior* nach der Erde zu fliegen, unseren geliebten Kaiser mit den überlegenen Waffen derselben zu entmachten, sich an dem Apotheker Gustav Schmerenbeck in Elberfeld zu rächen, der ihn einst seines Jettchens wegen hinter Gitter gebracht hatte, und aus dem Deutschen Reich ein Sowjetdeutsches zu machen.

Graf Reventlow schwindelte, als er all dies hörte, und er fragte sich zum ixten Male, ob es nicht doch ein Fehler gewesen war, diesen vulgären Mordbuden mit einem Arschtritt aus dem *Excelsior* zu entfernen. Er hätte seinen Wanst besser zusätzlich mit einer Schrotladung durchsieben sollen.

»Und nun«, sagte Carl schmunzelnd, als sein im Stile eines Prahlhanses vorgetragener Bericht geendet hatte, »darf mir jeder von euch eine Frage stellen, die ihn bewegt!«[10]

---

[10] Nachdem der Bösewicht den Guten in seine Gewalt gebracht hat, gestattet er es demselben *immer*, Fragen zu stellen, die ihn bewegen,

»Was ist aus meinen Gefährten geworden?« fragte Mr. Fox, wie aus der Pistole geschossen. »Leben Sie noch?«

»Nachdem unfere ruhmreiche Rote Armee in der vorletften Nacht eine erfolgreiche militärife Aktfion gegen die frechen Revifioniftenmutanten geführt hat«, erwiderte Carl, »find unf in der That mehrere Erdenmenfen in die Hände gefallen. Engländer, nehme ich an. Ich verftehe leider ihre Fprache nicht. Aber Engländer sind natürlich Imperialiften.« Er fletschte drohend die Zähne, was aber ohne dieselben nicht sehr beeindruckend auf Mr. Fox wirkte. »Wir ftecken fie morgen in den Archipel Gulaf, unfer Umerfiehungflager, in dem man auf willfährigen Imperialiftenknechten brauchbare Vertreter der Arbeiterklaffe macht. Wenn fie das Ftudium def Marfifmuf-Leninifmuf-Nappifmuf erfolgreich abgefloffen haben, dürfen fie die Latrinen meinef... unseref Volkfpalaftef frubben.«

»Vielen Dank, Euer Gnaden«, sagte Mr. Fox artig.

Reventlow erdolchte ihn mit einem Blick. Foxens Bemerkung über die ›ordentlichen Wohnungen‹ für die Proleten hatten ihn schon am Rande des Abgrundes verdächtig gemacht. Es war wohl besser, wenn er auch den Engländer vorerst als unsicheren Kantonisten einstufte.

»Und du, Krautjunker?« fragte Carl und maß den Grafen mit einem Blick, aus dem der pure Größenwahn sprach. »Bewegt dich keine Frage?«

»O doch«, sagte der Graf. »Ich frage mich, wie es in unserem geliebten Vaterlande wohl aussehen mag, wenn der ungebildete Pöbel auf den Straßen regiert und jeder Mann von Adel gezwungen ist, den letzten Kohlentrimmer mit dem Wort ›Genosse‹ anzuspre-

---

denn so gelangt der Gute nämlich an die entscheidenden Informationen, die ihm später dazu dienen, den Bösen zu Fall zu bringen.

chen!« (Reventlow wunderte sich plötzlich über seinen eigenen Mut, denn immerhin hatte diese Canaille sie doch in ihrer Gewalt). »Und des weiteren frage ich mich, was wohl der Genosse Lenin davon hält, wenn er erfährt, daß du hier in einem Purpurmantel auf einem edelsteinbesetzten goldenen Throne sitzt und Lakaien herumkommandierst wie ein Potentat des neunzehnten Jahrhunderts!« (Ha, ha, das hatte aber gesessen!).

Carl lief blau an, sprang auf und schrie: »Du wirft niemalf einen Kohlentrimmer ›Genoffe‹ nennen, du nicht! Du wirft an einem Laternenpfahle baumeln, wie daf ganfe andere Adelfpack … Vielleicht mit einfelnen Aufnahmen …« Er warf Gräfin Clothilde, die demütig auf ihrem Kissen saß und schamhaft ihre Knöchel verdeckte, einen vielsagenden Blick zu. »Und waf den Genoffen Lenin angeht, fo wird diefer, wenn ich erft wieder nach der Erde gefahren bin und fämtliche Hohenfollern aufgeknüpft habe, vor mir einen Kniefall thun, weil *ich* ef nämlich bin, der den Funken der Weltrevolutfion fur Ekfplofion bringe!« Er schaute sich um, und seine Lakaien kuschten. »Wen fert denn fon ein warmef Mäntelchen! Und diefer Thron hat auf dem Monde gar keinen Wert, ebenfo wie die Diamanten, weil die hier fuhauf in allen Ecken herumliegen.«

»Carl«, ließ sich nun die zarte Stimme der Gräfin vernehmen, die – sichtlich eingeschüchtert vom Toben ihres ehemaligen Domestiken – den Blick bescheiden zu Boden richtete, »was aber wird aus uns werden, nun, da wir deiner Macht und Wut so völlig hilflos ausgeliefert sind?«

Carls häßliche Wulstlippen verzogen sich nach dieser Frage zu einem dermaßen perfiden Grinsen, daß Graf Reventlow und Mr. Fox erschreckt zurückfuhren. »Nun, ich denke, für dich wird fich wohl noch eine Verwendung finden laffen«, sprach er sie in jenem rüpelhaften Communistentone an, der bekanntlich jedermann rotzfrech duzt, als seien alle Menschen gleich. »Denn wie du weift, find auch wir Communiften keine Freunde von Traurigkeit. Der Weg fur Weltrevolutfion ift noch weit, und bif wir ihn beendet haben, harrt noch manche harte Arbeit auf unf. Doch wer fwer arbeitet, foll nicht nur effen, fondern auch fein Vergnügen haben…« Und er grinste mit seinem zahnlosen Munde.

»Vergnügen?« fragte die auch in ihrer Seele adelige Gräfin Clothilde so großäugig und unschuldig, so daß ihr Gatte am liebsten vor Wut und Verzweiflung in den, wäre in diesem Saale einer vorhanden gewesen, Teppich gebissen hätte.

»Ja, auch wir Communiften haben gelegentlich kleine Fwächen«, sagte Carl leger. »Die meinigen find übrigenf adelige Titten.«

Dies war der Augenblick, in dem Graf Oscar Reventlow allem Anschein nach die Beherrschung über seinen Leib und seinen Intellekt verlor. Er sprang auf, stürmte blitzschnell durch den Saal, streckte beim Laufen beide Arme aus, wünschte dem verkommenen Halunken, in dessen Gewalt sie sich befanden, Vampire und Nachtmahre an den Hals und ließ keinen Zweifel daran, daß er willens und bereit war, denselben aus dem Leben in den Tod zu befördern. Mr. Fox, der ihn angesichts der sie grimmig umstehenden Rotarmisten aufhalten wollte, erhielt einen festen Schlag mit einem Morgenstern auf sein dunkelblondes, gelocktes Haupt und fiel der Länge nach auf den Boden, so daß ihm das Blood aus der Nase schoß. Gleich darauf setzte das anwesende Dutzend Rotarmisten dazu an, Reventlow an seinem Thun zu hindern, doch erreichte es ihn erst, als er Carls Hals schon wie ein Wütherich mit beiden Händen umklammert hatte. Carls Basedowaugen quollen noch weiter hervor; seine Zunge, die erstaun-

lich lang war, lappte über sein vierschrötiges Kinn, und anhand der zappeligen Bewegungen, die seine Arme in der Luft vollführten, konnte man erkennen, daß das Leben schon aus seinem Leibe entwich.

Als Reventlow, der in seinem rechtschaffenen Zorn nun wahre Bärenkräfte entwickelte, den Proletenwicht in die Luft hob, so daß seine ungewaschenen Füße vier Zoll über den roten Bodenfliesen baumelten, klammerten sich die selenitischen Rotarmisten von allen Seiten an den Grafen, rissen ihn zu Boden und traten ihn dorthin, wo es bei einem Manne ganz besonders weh thut. Gräfin Clothilde kreischte auf, als sie ihres auf dem Boden hin- und herzuckenden Gatten ansichtig wurde, und stürzte zu ihm. Doch bevor sie ihn erreichte, bellte Carl, der sich noch immer den schmerzenden Hals rieb, seinen Genossen ein heiseres Ordre zu, und sie packten die adelige Frau und schleppten sie hinaus – wahrscheinlich in seine Privatgemächer, wo er seine obszönen Gelüste an ihr erproben wollte.

Graf Reventlow drehte sich stöhnend und sabbernd auf den Rücken, hielt sein Gemächt fest umklammert und warf dem communistischen Schuft auf dem Throne einen Blick zu, der demselben sagte, daß er des Todes war.

Doch dann kam alles ganz anders.

15. KAPITEL

Urplötzlich ertönte Waffengeklirr. Die im Saale versammelten Rotarmisten schauten einander erschrocken an, dann blickten sie zu ihrem Volkscommissar, der nun aufsprang und mit lauter Stimme zu wissen verlangte, was da außerhalb dieser Räumlichkeit im Gange war.

Als ein Lakai-Genosse an die gewaltige Flügelthür trat, die den Audienzsaal des communistischen Zaren vom Rest des unterlunaren Palastes trennte, flog dieselbe auch schon auf, und herein drängte sich eine grün blutende Meute zerzaust aussehender Rotarmisten, die sich heftig gegen eine Companie feindlicher Kräfte verteidigten.

Graf Reventlow, inzwischen wieder halbwegs bei Sinnen, sprang auf, und auch Mr. Fox, dessen Nase recht malträtiert aussah, hob den Kopf. Beide trauten ihren Augen nicht, denn die Eindringlinge, denen sich nun auch die im Saale versammelten Rotarmisten entgegenwarfen, trugen die khakibraune Uniform der Legion Etrangère und hauten säbelschwingend auf die Genossen ein, bis selbige langsam, aber stetig, in die Tiefen des Saales zurückwichen. Doch mehr noch als beim Anblick der Legionäre verfiel Reventlow in Erstaunen, als er ihres Anführers ansichtig wurde, denn dieser war kein anderer als der ihm schon aus dem Nachtleben der Hauptstadt bekannte ehemalige kaiserliche Leutnant Hans Freiherr von Hackbarth, der aus unseres geliebten Kaisers Heer hatte weichen müssen, nachdem er sich erdreistet hatte, den Grafen Arco-Valley in einem weniger gut beleumundeten Etablissement bei einem Streite um eine französische Hure die Zähne auszuschlagen.

Nach seiner Demission hatte Freiherr von Hackbarth sich den Namen Jean de Hackbarth zugelegt und war in die welsche Fremdenlegion eingetreten, wo er aufgrund seiner preußischen Education rasch Carriere gemacht und es zum Hauptmanne gebracht hatte. Trotz des aus allen europäischen Staaten stammenden bunten Gesindels, das sich in der Fremdenlegion zusammenfindet, hatte sich der Freiherr sein treudeutsches Herz bewahrt und zählte den Grafen Reventlow, mit dem er zusammen an der Yser im Dreck gelegen hatte, noch immer zu seinen Freunden.

Doch wie und aus welchem Grunde waren Capitaine de Hackbarth und seine Männer nach dem Monde gekommen – und was thaten sie im Palast der Seleniten?[11]

»Seitengewehr aufpflanzen!« brüllte Capitaine de Hackbarth. »Und fertigmachen zum Sturmangriff!«

Sein Haufe, ein wüstes Conglomerat aus südfranzösischen Schlagetots, tückischen mediterranen Messerstechern, wild und beidhändig schießenden amerikanischen Kuhhirten, feschen Österreichern und kreuzbraven deutschen Frontschweinen, die allesamt ein böses

[11] Da es unangebracht wäre, den spannenden Handlungsfaden an dieser Stelle zu unterbrechen, ist keine Zeit, Capitaine de Hackbarths Auftauchen zu erklären, deshalb nur dies: Er hatte von Napoleon XIV. den Auftrag erhalten, mit seiner Companie eine Ladung Monddiamanten zu erbeuten, von dem derselbe aus den Schriften eines deutschen Alchimisten erfahren hatte. Doch Capitaine de Hackbarths Weltenraumschiff, der *Arc de Triomphe* (der zweite Versuch jenes anonymen amerikanischen Erfinders, von dem bereits M'sieur DuBois de Bologne berichtet hat), war nach der Landung auf dem Monde zerschellt. Nach einer zurückgeschlagenen Attacke diverser selenitischer Rotarmisten, die selbige Havarie beobachtet hatten und sich in den Besitz der Trümmer des *Arc de Triomphe* setzen wollten, nahmen Capitaine de Hackbarth und seine Haudegen die Verfolgung derselben auf und drangen in den ›Volkspalast‹ ein.

und ungerechtes Schicksal in den Dienst der Legion gezwungen hatte, stürmten vor. Die Rotarmisten schlugen sich wacker, doch mußten sie der Übermacht weichen und zogen sich weiter zurück. Graf Reventlow hob einen herrenlosen Säbel vom rotgefliesten Boden auf und warf Mr. Fox denselben Morgenstern zu, der ihn erst kurz zuvor am Kopfe getroffen hatte. Dann warf der Graf sich in den Kampf, und als er auf alte Ulanenart hie einen Fahnenjunker und dort einen Gefreiten der Roten zu Boden haute[12], bemerkte er aus den Augenwinkeln, daß sich der Volkscommissar der Seleniten (nämlich kein geringerer als der hinterfotzige Carl) gerade durch eine winzige Geheimthür davonmachte, die hinter einem Ölgemälde neben seinem Throne verborgen gewesen war.

»Ihm nach!« schrie Reventlow und tat einen Satz nach vorn. Doch schon hatte der feige Hund das Thürchen hinter sich geschlossen und war entwichen.

»Reventlow!« brüllte nun Capitaine de Hackbarth in seiner geliebten deutschen Muttersprache. »Was, zum Henker, machst du denn hier?!«

»Erkläre ich alles später!« schrie Reventlow zurück und stieß einen weiteren Rotarmisten aus dem Panzer. Das Gemetzel war schrecklich, und als die Legionäre zehn Minuten später im grünen Blute der restlos hingestreckten Mondechsen wateten, reichte Capitaine de Hackbarth seinem alten, schwer atmenden Offizierskameraden und dem Briten eine Cigarre.

»Nun aber Butter bei de Fische!« ulkte Capitaine de Hackbarth, der ein echter Junge von der Waterkant war.

Reventlow und Mr. Fox unterrichteten ihn rasch

---

12 [Dabei ging ihm ein lustiger Vierzeiler folgenden Wortlauts durch den Kopf: »Nun ringt sie auf die Knieen/und drescht sie windelweich/daß ihnen Striemen blühen/mit jedem Hieb und Streich«].

über alles bisher Geschehene sowie die Weltrevolutionspläne des communistischen Wirrkopfes, die von Potsdam ausgehend das gesamte Erdenrund umfassen sollte.

»Oh!« sagte de Hackbarth, »da sind wir ja gerade zur rechten Zeit gekommen, was?« Er erklärte dem Grafen in knappen Worten, was ihn auf den Mond verschlagen hatte.

»Wir müssen Carl unbedingt aufhalten!« sagte Reventlow. »Er hat den Zündschlüssel für den Antigravitationsapparat und die Automatenküche des *Excelsior* – sowie auch für die Latrine desselben!«

»Und außerdem wir müssen meine Companions und your hot little wife finden, alter Knabe«, fügte Mr. Fox hinzu.

»Meine Gemahlin?!«

Reventlow sah sich schockiert um. Erst jetzt wurde ihm bewußt, was während seiner kurzen Bewußtlosigkeit geschehen war. Seine geliebte Clothilde war fort! Die Genossen Carls hatten seine auch in der Seele adelige Gemahlin verschleppt!

»Hackbarth«, stieß er atemlos hervor. »Borge mir ein paar von deinen Haudegen! Der alten Zeiten wegen!«

Jaaa, die alten Zeiten ... Auch der Freiherr von Hackbarth erinnerte sich noch genau an dieselben. Im Kriege von 14/18, der noch größer und furchtbarer ausgefallen war als im Generalstab Seiner Majestät vorausgesehen, hatte er hartnäckig und erbittert mit Reventlow Seit an Seit gekämpft: Am Yserkanal, in den versumpften, durch Geschosse verwüsteten und Massen von Militär zerstampften Gefilden Westflanderns. Es war mehr ein Schlachten als eine Schlacht gewesen.

Und er dachte wieder an die Inder und die berüchtigte Kampfesart derselben: Sie waren wie die Katzen über den Boden geschlichen, zwischen den Zähnen haarscharfe Messer, hin zu den Schützengräben unserer braven Feldgrauen, um von ihrer Waffe furchtbar Gebrauch zu machen. Inder konnten mit verblüffender Schnelligkeit an den Bäumen in die Höhe klettern und hängten sich wie Affen an die Äste. Sie konnten sich schlangengleich winden, ohne bemerkt zu werden. Bald waren sie hier, bald waren sie dort gewesen, so daß man nie recht wußte, wo man sie vor sich hatte. Das Messer warfen sie mit einer Sicherheit, die verblüffte. Im Nahkampfe waren sie Teufel, und wo ihr Messer hinzuckte, schoß auch sofort ein Strom warmen Blutes hervor. Sogar die Zähne gebrauchten sie, da sie wie die Hunde bissen.

Besonders grauenhaft waren die alten Zeiten mit dem Inder des Nachts gewesen. Rittmeister Reventlow und Leutnant von Hackbarth hatten zusammen oft stundenlang bis am Bauche im Wasser gestanden: Um sie herum platzten Schrapnells und Granaten, von überall flackerte der Glutschein brennender Gehöfte und Dörfer, nur hie und da überstrahlt von dem blendenden Schein der Magnesiumkugeln. Qualm und Gestank erfüllte die Luft. Der tosende Lärm der Schlacht machte das Schreckensbild vollends zur Hölle! Aber eine Wendung des Krieges hatte auch der Inder nicht zustande bringen können. Nachdem seine Reihen durch die fortgesetzten Kämpfe stark gelichtet worden waren, hatten das kühle, rauhe Wetter und der hereingebrochene Winter ihm besonders hart zugesetzt, so daß der Engländer es fürs beste gehalten hatte, denselben lieber zur Bekämpfung der Kümmeltürken in Ägypten zu verwenden.

»Ja, die alten Zeiten...«, sagte Capitaine de Hackbarth verträumt und wandte sich zu seinen Männern um. »Leboeuf, Gnangnan, Peureux, Poltron, Vaniteux! Folgt diesem Manne und führt seine Befehle aus!«

»Oui, mon Capitaine!« schrien Leboeuf, Gnangnan,

Peureux, Poltron und Vaniteux und schwangen begeistert ihre Säbel. »Vive la France!«

»Wo sind sie mit ihr hin?« fragte Reventlow.

Mr. Fox deutete auf eine kleine Thür.

»En avant, Legionnaires!« befahl Reventlow. »Pour le merité! Donner le coup de grace!«

»Vive la France!« schrien die Legionäre und stürmten hinter ihm her in einen fensterlosen Gang hinein, der nur schwach beleuchtet war. An Ende desselben, nach etwa zwanzig Metern, stießen sie auf eine Thür, die in ein Gemach führte, das so eingerichtet war, wie sich das communistische kleine Fritzchen den Wohnraum des Capitalisten vorstellt. An den Wänden hingen riesengroße Gemälde knapp bekleideter selenitischer Echsenweiber, und das Gemach war so protzig und geschmacklos, daß Reventlow beim Anblick desselben schamrot wurde und bei sich dachte: So wird es auch bei uns aussehen, wenn die Socialdemokraten je die Macht erringen! Dann geht unsere ganze Cultur über die Wupper, und der Geschmack von Proleten und Zuhältern wird in unserem schönen Reiche dominieren!

Doch wo war seine Gattin?

In dem Gemache selbst war keine Menschenseele zu erblicken. Zwar gingen da und dort Thüren ab, doch welche sollten sie nehmen? Ehe der Graf zum Fällen einer Conclusion gezwungen wurde, nahm man ihm dieselbe ab, denn plötzlich öffnete sich eine der zuvor erwähnten Thüren und spuckte eine Horde von Rotarmisten aus, die sich mit schrillem Kriegsgeschrei auf die zwar wackeren, aber nicht genügend wackeren und deswegen völlig stupéfaiten Legionäre Leboeuf, Gnangnan, Peureux, Poltron und Vaniteux stürzten und selbige mit blitzenden Krummsäbeln im Nu niedermachten.

Bald darauf standen Reventlow und Mr. Fox mit

dem Rücken zur Wand und warfen einander verzweifelte Blicke zu. Die tückischen selenitischen Communisten kamen, sieben an der Zahl, immer näher, um ihnen den Garaus zu machen. Was sollten sie gegen diese Übermacht thun?

»Wir sind verloren, Mr. Fox«, sagte der Graf. »Es sei denn, Sie haben noch einen Vorschlag zu unterbreiten.«

»Kiss your ass goodbye«, erwiderte Mr. Fox und hob den erbeuteten Morgenstern. »They'll never get me alive!«

Auch Reventlow hob nun drohend seinen Säbel und sagte: »So kommt denn her, ihr Hunde, und ich zeige euch, wie ein deutscher Offizier zu sterben vermag!«

Die Rotarmistenechsen brüllten »Urrähh!« und stürmten los, doch dann, urplötzlich, als sich Graf Reventlow und Mr. Fox auf den unvermeidlichen Zusammenprall vorbereiteten, öffnete sich hinter den communistischen Mordbrennern eine weitere Thür, und ein vornehm gekleideter, doch reichlich heruntergekommen aussehender Herr betrat den Raum mit einer russischen Nagan in der Hand. Er erfaßte die Lage mit einem Blicke, hob seine Waffe, und es machte *Krack! Krack! Krack! Krack! Krack! Krack!* Sechs der heranstürmenden Rotarmisten hauchten auf der Stelle ihr Leben aus und fuhren in die selenitische Hölle ein; der siebente, den Rangabzeichen nach ein Offizier, erstarrte zur Salzsäule und ließ seinen Säbel fallen.

»Lord Philip!« rief Mr. Fox aus. »Where do you come from?«

»Actually I'm from St. Petersburg«, sagte der vornehm gekleidete, doch reichlich heruntergekommene Herr mit einer geradezu widerlich weibischen Stimme, die ihn Graf Reventlow auf der Stelle unsympathisch machte. »My real name is Duke Ilja Iljanowitsch Iljanow.«

»Sie sind wirklich *Russe?!*«

»Indeed«, sagte der vermeintliche Lord Philip. »Und Oberst des zaristischen Exilgeheimdienstes SASUCT.«[13]

Der Mann war Graf Reventlow sofort sympathisch, und so schüttelte er ihm, den selenitischen Rotarmisten-Offizier keine Sekunde aus den Augen lassend, freudig die Hand und stellte sich vor. Mr. Fox setzte Herzog Iljanow schnell über seine und des Grafen bisherige Abenteuer in Kenntnis und schilderte die Lage. Dann fragte er denselben, wie es ihm inzwischen ergangen war.[14] Herzog Iljanow informierte ihn kurz über seine eigenen Abenteuer und hub dann zu sprechen an: »Ich weiß inzwischen aufgrund meiner endlosen Wanderungen durch die geheimen Gänge dieses Palastes, wo unsere Gefährten sowie die Gemahlin dieses netten deutschen Herrn festgehalten werden. Ich will Sie gerne hinführen!«

»Wirklich famos«, sagte Graf Reventlow und wandte sich dem überlebenden Rotarmisten zu, »dann brauchen wir diesen Lumpen ja nicht mehr. Ich hatte ihn extra verschont, für den Fall des Falles ...« Und er säbelte ihn nieder.

---

[13] Abk. f. ›**S**chlagt **a**lle **S**ocialdemokraten **u**nd **C**ommunisten **t**ot‹.

[14] Auch hier wäre es nur störend, den Fluß der Handlung mit schnöden Erklärungen zu unterbrechen, die die Erlebnisse des wackeren zaristischen Geheimagenten referieren. Deswegen verweisen wir lieber auf Ilja Iljanowitsch Iljanow Buch *And Again Ilya Ilyanovitch Wins, and the Communist Pigs of the Moone Get a Lesson* (London 1924).

16. KAPITEL

Ein Mann, ein Wort! Kurz darauf marschierten die drei durch den Gang, den Herzog/Oberst Iljanow verlassen hatte, um Mr. Fox und Graf Reventlow mit Hilfe seiner Nagan vor dem Bösen zu bewahren. Es war ein wenig feiner Gang, fand Reventlow, denn er roch nach Exkrementen übelster Art, was ein bezeichnendes Licht auf die Ernährung in dem selenitischen Arbeiter- und Bauernparadies warf. Waldecker Brot und Nordhäuser Korn waren den hiesigen Communisten offenbar ebensolche Fremdworte wie Banane. Na ja, wie jeder gebildete Mensch weiß, können die Roten eben nicht mit Geld umgehen; deswegen haben sie auch keins und sind immer scharf auf das anderer Leute.

Dann kamen sie an eine Treppe, die in die Tiefe führte, und ein gruftartiges Kellerlabyrinth, dessen Wände aus dicken Quadern bestanden. Hier tropfte es permanent von der Decke. Man stieß auf einen gewaltigen Komplex leerer – wenn man von den vielen herumliegenden Gebeinen absah – Gefängniszellen. Und kurz darauf vernahmen sie die Stimmen von Menschen.

»Professor Phoney!« rief Mr. Fox. »Sind Sie hier?«

»Clothilde, meine Theure!« rief Graf Reventlow. »Bist du da?«

Ein wildes, von Aufregung kündendes Stimmengewirr und ein spitzer Hilfeschrei aus dem Mund einer Dame antwortete ihnen, und kurz darauf standen sie vor einer großen vergitterten Zelle, in der die Gefangenen untergebracht waren. Oh, und wie schrecklich sahen sie aus! Sie waren verschwitzt und schmutzig, das Haar klebte ihnen an der Stirn, und ein jeder hatte zehn Pfund abgenommen.

Auch Gräfin Clothilde befand sich dort. Sie saß in der rechten Zellenecke, ihr Gewand war zerrissen, ihr nur noch zur Hälfte von Stoff bedeckter Busen wogte, und sie hielt das abgebrochene Bein eines Holzschemels in der Hand und drohte damit in die Richtung dreier proletenhafter Gestalten, deren Stirnen ein halbes Dutzend dicker Beulen zierte. Dies mußten Tom, Dick und Harry sein. Sie standen geduckt um die Gräfin herum, verschlangen den Leib derselben mit gierigen Blicken und vollführten obszöne Handbewegungen, die die gute, auch in ihrer Seele adelige Clothilde zum Glück nicht verstand.

Der schnarchende Strohsack in der rechten Ecke der Zelle schien Captain Compart zu sein. Der Franzmann war verletzt. Er hielt sich stöhnend das von einem schmutzigen Lappen umwickelte Haupt. Professor Phoney kümmerte sich um ihn. Es sah tatsächlich so aus, als hätte M'sieur DuBois de Bologne, wenn auch erfolglos, versucht, die Gattin des Grafen vor den schmutzigen Pratzen der Weltraumproleten zu bewahren.

»Ich habe doch immer gesagt, daß man dieses Gesindel ordentlich auspeitschen soll«, knurrte Herzog Iljanow. »Mr. Fox, mit Verlaub gesagt, es war ein großer Mist, daß man in Ihrem schönen Lande die Leibeigenschaft abgeschafft hat. Wenn man diesem Pack auch nur den kleinen Finger reicht …«

Als Clothilde ihren Gatten erblickte, sprang dieselbe auf und eilte an die Gitterstäbe. »Oscar!« schluchzte sie echauffiert. »Hole mich sofort hier heraus! Diese drei Männer dort führen pausenlos unzüchtige Reden … Und du kannst dir nicht vorstellen, was sie für *schweinische* Wörter gebrauchen!«

»Keine Angst, meine Theure«, sagte der Graf und

schwang seinen Säbel. »Gleich bist du frei! Und dann gnade Gott dem Pöbel, der es gewagt hat, dich verbal zu entehren!«

Herzog Iljanow zog ein Stück Draht aus der Tasche, um das Gitterschloß zu erbrechen, und als Tom, Dick und Harry dies sahen, fielen sie auf die Knie und winselten um Gnade. Um nicht allzu viel Zeit mit der Exekution des Pöbels zu verschwenden, beschränkte sich Reventlow darauf, den dreien nach alter deutscher Offizierstradition mit einigen gezielten Hieben die Vorderzähne auszuschlagen, so daß sie sich blutend und nuschelnd in den Hintergrund verzogen und im weiteren Verlauf dieser Erzählung keine Rolle mehr zu spielen wagten. Reventlow dankte dem Franzmann für dessen – hoffentlich – uneigennützige Hilfe, dann erklärte Herzog Iljanow dem verblüfften Professor die Intrige[15], in der er statt des gewünschten *Times*-Korrespondenten Mr. P. M. Fox von der *Blitzkritik* engagiert hatte. Und schließlich setzte man sich zusammen, um einen Plan zu schmieden, der ihnen die Freiheit zurückgeben sollte.

»Wir müssen so schnell wie möglich aus diesem Labyrinth heraus!« sagte Professor Phoney, der noch immer den von Tom, Dick und Harry malträtierten Franzmann stützte. »Wir müssen uns zu Graf Reventlows *Excelsior* durchschlagen und diese von Communisten verseuchte Welt verlassen!«

---

[15] Der zaristische Exilgeheimdienst SASUCT hatte aus dunklen Quellen von dem Komintern-Plan erfahren, alle relevanten Wissenschaftler und Erfinder zu beschatten und zu bestehlen, die sich mit der Construction sogenannter Weltenraumschiffe beschäftigten und daraufhin all diese Wissenschaftler und Erfinder mit Agenten infiltriert. Ein wirklich sachkundiger Artikel in der *Times* sollte unterdrückt werden, um den Roten nicht noch mehr Informationen zu geben, als sie ohnehin schon hatten. (Ist ja auch logisch).

»Aber wie thun wir dies ohne den Zündschlüssel für den Antigravitationsapparat, die Automatenküche und die Latrine, der sich ja, wie inzwischen alle wissen, im Besitze des Erzverräters Carl befindet?« rief Gräfin Clothilde aufgeregt und zerrte an den Fetzen ihres Gewandes, um ihre Blöße zu bedecken.

Nun mußte ihr Gatte aber doch herzlich lachen, und genau dies that er auch, und zwar so lange und ausgiebig, bis die anderen allmählich anfingen, an seinem Verstande zu zweifeln. Um dem lustigen Spiel ein Ende zu bereiten, griff Reventlow schließlich flugs in seine rechte Hosentasche und zog den besagten Schlüssel hervor, denn er hatte denselben dem Volkscommissar stibitzt, als er sich auf ihn gestürzt hatte, um ihn zu würgen.

Nun war die Erleichterung groß, und alles machte sich frohlockend auf den Weg zum Ausgang des Labyrinths, das der ausgefuchste SASUCT-Agent Herzog Ilja Iljanowitsch Iljanow in den Tagen seines Hierseins erkundet hatte und längst wie seine Westentasche kannte.

Bald darauf verließen sie das unterirdische Reich der selenitischen Communisten durch eine ganz gewöhnliche Thür, die in eine kleine Höhle mündete, die dann ins Freie führte. Und – Hurra! – da sahen sie auch bald den braven *Excelsior* vor sich, der auf den öden, grauen Felsen des Mondes hockte und nur auf sie zu warten schien.

Doch, oha! Was war das?

Lief da nicht, diverse hundert Schritte vor ihnen, die eilige, mit einem purpurnen Mantel bekleidete Gestalt eines Menschen über das öde, graue Mondgestein – und eilte im Hasenpanier genau auf den *Excelsior* zu?

Unsere Helden erstarrten.

»Es ist Carl!« rief Gräfin Clothilde aus.

»Er ist aus seinem unterlunaren Reiche entflohen!« fügte Reventlow hinzu. »Mein Freund Hackbarth hat ihn nicht erwischt!«

»Sein Vorsprung ist zu groß!« rief Mr. Fox. »Wir erwischen ihn nicht mehr!«

Dann krachte und rumpelte es urplötzlich hinter ihnen. Sie schauten sich schnell um und sahen, daß aus der Höhle, die sie gerade erst verlassen hatten, fette schwarze Rauchwolken quollen.

»Die Fremdenlegionäre!« rief Mr. Fox. »Sie haben die ganze sublunare Civilisation in die Luft gesprengt!«

Fürwahr, so schien es zu sein, denn ihres Auges Blick gewahrte fortan keinen einzigen Legionär und keinen einzigen selenitischen Communisten mehr. Graf Reventlow legte eine stumme Gedenksekunde für seinen alten Kameraden Hackbarth ein und schrie dann: »Wir müssen Carl erwischen!«

Sie eilten weiter, doch bald mußten sie zähneknirschend mit ansehen, wie Carl hohnlachend durch die Luke in das Innere des *Excelsior* schlüpfte und dieselbe hinter sich verriegelte.

»Wir sind verloren!« rief Mr. Fox aus.

»Quatsch!« sagte Reventlow. »Ohne Zündschlüssel wird der *Excelsior* in Bälde havarieren!«

»Oje!« sagte Professor Phoney todtraurig. »Wenn dies geschieht, sitzen wir bis an das Ende unserer Tage hier fest, denn mein eigenes Weltenraumschiff haben die Mohrrüben leider zu Kleinholz verarbeitet.« Tränen liefen über seine schmutzigen Backen.

Dann ertönte urplötzlich ein schrilles Geheul, und alle hielten inne. Ein Heer der angeblich geschlagenen Mohrrüben, die Flitzebogen und Lanzen schwenkend aus den öden grauen Hügeln herbeieilten, näherten sich dem Orte, an dem sich unsere Helden und deren Gefährten befanden. Sie schienen zu allem entschlossen, und wahrscheinlich war es ihnen nach der letzten

Attacke der selenitischen Communisten nun völlig egal, wer ihnen ins Messer lief.

»Carl, um deines Seelenheils willen, öffne die Thür!« rief Gräfin Clothilde ängstlich. »Die Socialdemokraten greifen uns an!«

Tom, Dick und Harry, feige Proleten, die sie nun einmal waren, fingen, wie schon einmal zuvor, laut an zu jammern. Professor Phoney raufte sich den weißen Bart.

Als sich die Socialdemokraten bis auf dreihundert Meter genähert hatten, grunzten, schrien, brüllten, pfiffen und heulten sie wie eine Bluthundmeute. Sie fletschten auch ihre Nagezähne, genauso, wie Mr. Fox es berichtet hatte. Tom, Dick und Harry beteten zähneklappernd um die Errettung ihrer Seelen. Captain Compart erwachte und forderte alle lauthals auf, den ›gottverdammten Yankees‹ die Zähne zu zeigen.

Und dann hatte Herzog Ilja Iljanowitsch Iljanow die rettende Idee.

»Ja, was ist das denn?« schrie er so laut, daß Reventlow glaubte, seine Trommelfelle müßten platzen. »Ei, Potz! Die Socialdemokraten haben ja *Flinten!* Aber was sehe ich? Es sind ja gar keine Socialdemokraten! Es sind *Soldaten!* Soldaten der ...« – Er that so, als müsse er einen entsetzlichen Schlag verkraften und röhrte: »... sowjetischen Roten Armee!«

Ha, ha! Natürlich ließ sich der communistische Lump an Bord des *Excelsior* auf der Stelle übertölpeln. Mit einem heiseren Freudenschrei riß er die Luke desselben auf und schrie: »Drufba! Drufba!«[16]

Monsieur DuBois de Bologne drosch ihm eine Ge-

---

[16] Korrekt ausgesprochen: »Druschba! Druschba!« (»Freundschaft! Freundschaft!«). Ein Signal der Roten, mit dem sie sich, wenn sie aufeinandertreffen, zu erkennen geben, damit sie sich nicht versehentlich gegenseitig den Schädel einschlagen.

rade unters Kinn, die auch Reventlow nicht besser hätte ausführen können. Dann schrie er »Allez! Allez!« und riß den besinnungslosen Schurken am Kragen ins Freie, so daß er auf das öde Mondgestein fiel und dort liegen blieb, damit sich die Carotten seiner annahmen. In Sekundenschnelle enterten alle den *Excelsior;* Mr. Fox legte den schweren Riegel vor, und Graf Reventlow eilte auf die Brücke, wo er und Professor Phoney sich auf die Armaturen stürzten.

Wie man durch die Bullaugen sehen konnte, umkreisten die barbarischen Mohrrüben heulend und sabbernd ihre sichere Burg, bewarfen dieselbe mit Riesendiamanten und wünschten ihnen die Selenitenpest an den Hals. Monsieur DuBois de Bologne zeigte seinen Gefährten auch den bösen Medizinmann Umazuma. Er stand, umgeben von seinen karottenköpfigen sieben Töchtern, auf einem Hügel und stieß wütende Drohungen aus. Ein Pfeilhagel prasselte gegen die Außenhülle des braven *Excelsior.* Als die wildgewordenen Mohrrüben anfingen, Brennholz heranzukarren, schwante den Insassen Fürchterliches, aber dann rief Reventlow aus: »Wir starten, meine Herren! Wir heben ab!«

Jeder kann sich wohl vorstellen, wie erleichtert sie in diesem Augenblick waren. Tom, Dick und Harry fielen einander um den Hals. DuBois de Bologne und Mr. Fox klopften sich auf die Schultern. Captain Compart, der sich nun für ein Huhn hielt, gackerte und wollte die Sandkörner aufpicken, die sie an den Stiefelsohlen ins Schiff getragen hatten.

»Wundern Sie sich nicht, M'sieur«, sagte Mr. Fox mit einem verlegenen Lächeln zu DuBois de Bologne. »Captain Compart ist nicht etwa durchgedreht. Er ist halt Engländer.«

»Oui, oui«, sagte der Franzmann und nickte. »Ich verstehe. Es ist sein Spleen, nicht wahr?«

17. KAPITEL

Man kann wohl annehmen, daß allgemein bekannt ist, wie die Rückkehr des *Excelsior* zur Erde vonstatten ging. Die Presse hatte ihre Sensation, denn daß ein Weltenraumschiff ohne Vorankündigung auf dem Viktualienmarkt landet, kommt ja nicht alle Tage vor.

Eine zufällig anwesende Blaskapelle der Heilsarmee spielte ›Näher, mein Gott, zu dir‹, als Graf Reventlow und seine Gefährten das Gefährt im Gänsemarsch verließen. Zwar sperrten ein paar Gendarmen das Gelände gleich ab, aber daß Captain Compart sich das, was er so lange hatte entbehren müssen, sogleich selber holte, konnten auch sie nicht verhindern. Erzherzog Johann, der Finanzier der Expedition Professor Phoneys, der zufällig in der bayerischen Landeshauptstadt anwesend war, erwies sich aber als so großzügig, die zwölf Liter Weißbier und die Hospitalrechnung jenes Budenbesitzers zu begleichen, der sich fälschlicherweise für kräftig genug gehalten hatte, das lallend heranhüpfende Ungeheuer von seinem Zapfhahne fortzudrängen.

Alle, auch Graf Reventlow und seine Gattin Clothilde, wurden nach der Landung in einer Hotelsuite isoliert. Als Erzherzog Johanns Mannen den *Excelsior* abtransportieren wollten, den sie fälschlicherweise für das Weltenraumschiff des englischen Professors hielten, klopfte ihnen der Geheimdienst unseres geliebten Kaisers kräftig auf die Finger und beschlagnahmte denselben. Die Weltenraumfahrer ruhten sich einige Tage aus, schrieben ihre Erlebnisse nieder und erfuhren schließlich, daß Carl Napp tatsächlich für Moskau thätig gewesen war und daß die Communisten ebenfalls an Weltenraumschiffen arbeiteten. Sie hatten ihren *Perwoje Maja* kurz nach dem *Excelsiór* starten und den Grafen und die Gräfin mit Hilfe Carls auf dem Monde aussetzen wollen, damit niemand erfuhr, daß sie ihr Ziel erreicht hatten. Zum Glück war ihr Weltenraumschiff über dem sibirischen Knatterottopowsk abgestürzt. Von der Besatzung fehlte jede Spur.

Zwar war unser geliebter Kaiser nicht besonders glücklich darüber, daß Graf Reventlow die Engländer, den Russen und den Franzmann mit nach der Erde gebracht hatte (denn damit war bewiesen, daß die Franzosen das alleinige Recht besaßen, den Mond zu kolonisieren), aber da er nun einmal, wie alle Aristokraten, ein edles Herz hatte, ließ er es dabei bewenden.

Professor Phoney wurde von Erzherzog Johann beauftragt, ein neues Weltenraumschiff zu bauen und baldmöglichst zu einer zweiten Marsexpedition aufzubrechen. Tom, Dick und Harry bekamen je dreißig Hiebe mit der neunschwänzigen Katze und wurden nach Togo verbannt.

Nachdem Mr. Fox sich von allen anderen verabschiedet hatte, fuhr er nach London, um seinen Verlegern Bericht zu erstatten. Bedingt durch den langen Aufenthalt im Weltenraum war er noch etwas unsicher auf den Beinen, als er mit einer Droschke die Portobello Road anfuhr, und so war es auch kein Wunder, daß ihn kurz darauf ein Schwächeanfall auf das Redaktionssofa warf. Louie Lob und Herbie Hudel flößten ihm einen dreistöckigen Scotch ein und erzählten begeistert, daß die Vorankündigung seiner haarsträubenden Abenteuer die Auflage der *Blitzkritik* vertausendfacht hatte. Die ganze Fleet Street sei aus dem Häuschen, berichteten sie, und die Gesellschafter der *Times* trügen sich mit dem ernsthaften Gedanken, finanziell in den Lob & Hudel Verlag einzusteigen.

Überhaupt, fuhren seine Chefs fort, überlege man gegenwärtig, ob man das Konzept der *Blitzkritik* nicht verändern und weniger Literaturkritiken als spannende Reiseberichte veröffentlichen solle.

Die beiden hatten eine Menge Pläne für ihn gemacht. Als nächstes sollte er eine Reise in einem Unterseeboote mitmachen, dann mit einer Expedition den Nanga Parbat ersteigen, die Kopfjäger von Borneo aufsuchen, dem Ungeheuer von Loch Ness nachspüren – und mit dem bekannten Forscher Professor Challenger nach Südamerika gehen, wo angeblich in einem geheimnisvollen Thal noch Urweltsaurier lebten. Bevor Mr. Fox überhaupt zu Worte kam, reichten Lob & Hudel ihm den zweiten Dreistöckigen, nannten ihn den größten Reporter seit dem seligen Rudi Hirtpichler, erhöhten sein Gehalt auf 6s 2d, stellten ihn der Reinemachefrau vor, machten ihn mit den Botenjungen bekannt und führten ihn an seinen wurmstichigen alten Schreibtisch, damit er noch schnell die Arbeit erledigen konnte, die in den letzten Monaten liegengeblieben war.

Aus der *Blitzkritik* wurde tatsächlich bald ein großes und aktuelles Nachrichtenmagazin. Natürlich änderte man den Titel: Sie heißt nun *Lob & Hudel's Blitzreport* und wird von den bekanntesten Sensationsjournalisten der Welt geschrieben.

Graf Reventlows Artikelserie in der *Vossischen Zeitung* über die Entdeckung der selenitischen Communisten und deren Vernichtung wurde ein toller Erfolg. Sie wurde nicht nur von allen wichtigen europäischen Zeitungen nachgedruckt, sondern auch in den Blättern des alten Hearst. D. W. Griffith kaufte die Filmrechte, und es kam auch zu einer Buchpublikation, deren Weltauflage (Übersetzungen und Leseringausgaben eingerechnet) 34,8 Millionen Exemplare betrug.

Frankreich errichtete auf dem Monde eine neue Kolonie. Die Legion Etrangère schickte die Socialdemokraten in eine Reservation; Geistliche brachten ihnen Gottes Wort. Bald hatten sie ihren Götzen Lullu vergessen.

Als die erste französische Weltenraumflotte vom Monde zurückkehrte und riesige Diamantenladungen nach der Erde brachte, war es mit der Ruhe des Grafen freilich vorbei. Da er völlig vergessen hatte, unserem geliebten Kaiser von den Diamantenfunden der Engländer zu berichten, schickte dieser ein Mordkommando aus, das Tom, Dick und Harry in Togo den Garaus machte, Captain Compart in die Fremdenlegion trieb und Professor Phoney zwang, eine Stelle als Museumswärter in Dares-Salam anzunehmen. Da Graf Reventlow aufgrund seiner sich erschriebenen Millionen wirtschaftlich unabhängig war, tauchten er und seine auch in der Seele adelige Gattin bei Nacht und Nebel unter, schifften sich nach Feuerland ein und erstanden dortselbst ein großes Gut.

Leider fielen aufgrund der Diamantenschwemme bald darauf die Börsenkurse, und die Unternehmen, in die er sein Vermögen investiert hatte (die Bank of America und Honest Hank's Gebrauchtwagenhandel in Florissant, Missouri) machten Pleite. Heute lebt er als Vertreter für Katzenstreu auf den Molukken, aber er zweifelt nicht daran, daß einst der Tag kommen wird, an dem neue, große Aufgaben seiner harren.